齐鲁人杰丛书

主编 任继愈

副主编 乔幼梅 邹宗良 贺立华

壮怀浩歌——辛弃疾

王延梯 王成◎著

山东教育出版社

图书在版编目(CIP)数据

壮怀浩歌——辛弃疾/王延梯,王成著. —济南:山东教育出版社,2015

(齐鲁人杰丛书/任继愈主编)

ISBN 978－7－5328－9166－5

Ⅰ.①壮… Ⅱ.①王… ②王… Ⅲ.①传记文学—中国—当代 Ⅳ.①Ⅰ25

中国版本图书馆 CIP 数据核字(2015)第 249133 号

齐鲁人杰丛书

主　编　任继愈

副主编　乔幼梅　邹宗良　贺立华

壮怀浩歌——辛弃疾

王延梯　王　成　著

出 版 者:山东教育出版社

(济南市纬一路 321 号　邮编:250001)

电　　话:(0531)82092664　**传真**:(0531)82092625

网　　址:www.sjs.com.cn

发 行 者:山东教育出版社

印　　刷:山东海博印务有限公司

版　　次:2016 年 4 月第 1 版第 1 次印刷

规　　格:787mm×1092mm　32 开本

印　　张:8 印张

插　　页:2 插页

字　　数:137 千字

书　　号:ISBN 978－7－5328－9166－5

定　　价:22.00 元

(如印装质量有问题,请与印刷厂联系调换)

印厂电话:0536－3501770

辛弃疾像

辛弃疾故居

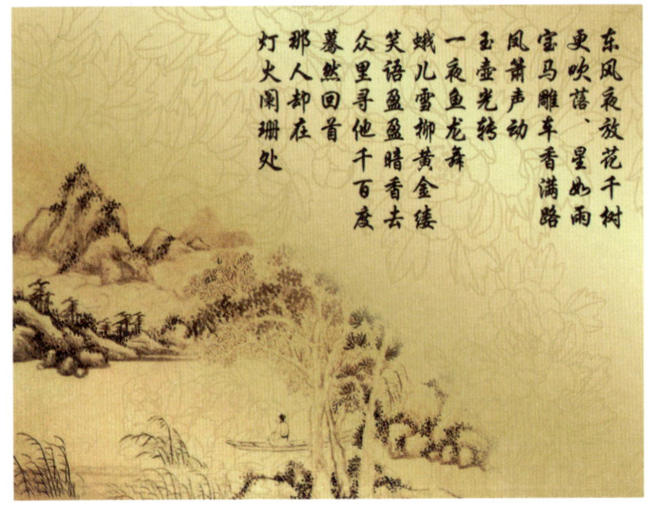

江泽民主席手书辛弃疾词《菩萨蛮·书江西造口壁》

序

任继愈

山东教育出版社要出版一套《齐鲁人杰丛书》，这是一件很有意义的事。

我们的祖国是一个有着悠久历史和辉煌文化传统的文明古国，而山东则是中华文明的发祥地和重要地区之一，在中华民族的形成和发展史上做出了应有的贡献。近年来的考古发现已经证明，早在几十万年以前，“沂源人”就生息、繁衍、劳作在这块土地上，他们生活的年代与“北京人”大体相当。进入新石器时代，这里先后出现了后李文化、北辛文化、大汶口文化、龙山文化和岳石文化，形成了前后衔接的史前文化的完整序列，这在其他地区是十分少见的。

山东为齐鲁旧邦。西周初年齐鲁两国的建立，把西方周文化带到东方，与东夷文化相结合，造成新的文化优势，为后来秦汉以后的邹鲁、燕齐文化奠定了基础。齐与鲁对当时中国的政治、经济、军事、文化、科技等各个方面都产生了重大而深远的影响。孔子生于鲁国，

他的思想学说不仅影响了中国，还影响到世界，成为世界人民共同的精神财富。此后孟轲、荀况发展了孔子的学说。鲁人墨翟是平民出身的政治家、科学家。孔墨两家成了战国时期的显学。孔墨之外，春秋战国时期的齐鲁地区人文荟萃，名家辈出，政治家如齐桓公、管仲、晏婴，军事家孙武、孙膑、田单，史学家如左丘明，工程技术专家鲁班，天文学家甘德，医学家扁鹊等。齐国稷下学宫，倡百家争鸣，大大地促进了学术文化的繁荣与发展，成为一时的学术中心。

下逮秦汉，中国进入大一统的封建社会。齐鲁文化博大精深的传统不断发扬光大，在此后两千年中，先后出现了公孙弘、诸葛亮、刘表、王导、王猛、房玄龄、刘晏、丘处机等政治家，彭越、羊祜、王敦、秦琼、王彦章、戚继光、邢玠等军事家，邹阳、东方朔、王粲、孔融、刘桢、徐干、左思、刘峻、刘勰、王禹偁、李清照、辛弃疾、张养浩、康进之、高文秀、谢榛、李开先、李攀龙、兰陵笑笑生、蒲松龄、孔尚任、王士祯等文学家，王羲之、王献之、颜真卿、李成、张择端、焦秉贞、高凤翰、刘墉等书画家，郑玄、王弼、刘熙、臧荣绪、邢昺、于钦、马骕、张尔岐、孔广森、郝懿行等经学家、史学家、文字学家，氾胜之、刘洪、王叔和、何承天、贾思勰、燕肃、王祯、白英、薛凤祚等科学家。几千年来，人才辈出，灿若繁星。

进入近代，山东地区的历史发展呈现出两个十分鲜明的特点。一是灾难和压迫深重。1840 年鸦片战争之后，随着中国社会殖民化程度的加深，先是帝国主义教会势力侵入山东，后是日、英侵占威海卫，德国侵占胶州湾。二是压迫越是深重，反抗越是激烈。山东人民不屈不挠，前仆后继，进行了艰苦卓绝的反侵略、反封建斗争。山东人民反“洋教”的巨野教案，威海人民反抗英军侵占威海卫的斗争，高密人民的反筑路斗争，宋景诗领导的黑旗军起义，曲诗文领导的抗捐抗税起义，捻军和山东抗清武装击败清亲王僧格林沁的壮举，都是山东近代史上可歌可泣的壮丽篇章。面对帝国主义瓜分中国的狂潮，阎书勤、赵三多等率先举起了“反清灭洋”的大旗，直至发展为声势浩大的义和团反帝爱国运动，更是写在中国近代历史上光辉的一页。

1919 年的五四运动是由山东问题引起的，山东人民则是这一运动的前驱。随着马克思主义的传播，王尽美、邓恩铭等建立了山东共产主义小组，山东成为全国建党最早的省份之一。抗日战争爆发后，在民族危亡的历史关头，山东党组织领导了冀鲁边、鲁西北、天福山、黑铁山、牛头镇、潍北、徂徕山、泰西、鲁东南、鲁南、湖西等抗日武装起义，山东军民创建了我党领导的山东战略根据地，山东大地上成长起了范筑先、张自忠、任常伦等民族英雄。在解放战争时期，山东人民参军参战，

支援前线，配合华东解放军粉碎了国民党反动派的全面进攻和重点进攻，当时在山东境内发生的孟良崮、莱芜、济南、淮海等一系列重大战役的胜利，都直接地推动和影响了中国革命和中国历史的进程。

山东是一块有着悠久文化传统和光荣革命传统的土地，是一个英杰辈出的地方。作为一名山东人，我深以在故乡的土地上出现过一代又一代的文化名人和仁人志士而感到骄傲和自豪。《齐鲁人杰丛书》以文学传记的形式，将他们中的杰出人物介绍给广大读者，他们坚韧不拔、克服困难的精神给人以鼓舞，他们各具特色的人生经历和杰出贡献给人以启发。我们诚挚希望这套丛书能在弘扬祖国的传统文化，增强民族凝聚力，推进祖国的现代化建设中起到积极的作用。作为本丛书的撰写者，切盼得到广大读者的指正，以便作为今后进一步改进的依据。

目 录

一、家世与少年时代

绍兴十年（1140）五月十一日，是中国文学史上一个值得纪念的日子。我国杰出的爱国词人辛弃疾，在这一天诞生于女真贵族统治下的山东济南府历城县的四风闸。

辛弃疾，原字坦夫，后改字幼安。“尝谓人生在勤，当以力田为先”①，故以稼名轩，别号稼轩居士，是中国文学史上伟大的爱国词人。

他出身于一个宦门家庭。始祖维叶当过大理评事，开始由甘肃狄道迁来济南居住；高祖师古官至儒林郎；曾祖寂曾任宾州司户参军；祖父赞官金人的朝散大夫，陇西郡开国男，亳州谯县令，知开封府，赠朝请大夫；父亲文郁赠中散大夫。所以，在《美芹十论》中，有“臣之家世，受廛济南，代膺阃寄，荷国厚恩”的话。

辛弃疾早年丧父，自幼由祖父抚养长大成人。据辛弃疾说，辛赞是一个具有民族意识的人物。他虽无奈“被污虏官”，却心怀异志。“每退食，辄引臣辈登高望远，指画江山，思投衅而起，以纾君父不共戴天之愤。”（《美芹十论》）目睹身受的种种民族压迫，使辛弃疾打上了民族意识的烙印，祖父的诱导和启迪，更使他埋下了反抗民族压迫的火种。

女真统治者迁都燕京后，为了笼络知识分子，仍然实行唐宋的科举制度。绍兴二十三年（1153），14 岁的辛弃疾，领金人的乡举。绍兴二十四年（1154）和二十七年（1157），辛赞两次派他跟随计吏赴燕京参加进士考试。考举，并非他祖孙的本意，实际上，他是根据祖父的指示，借此机会到敌人的统治中心“谛观形势”，侦察敌情，做好起事的准备。年青的辛弃疾到祖国北部平原的两次旅行，不仅浏览了祖国的大好河山，激励了他的爱国热情，也开阔了他的视野，使他有可能具体地了解祖国北方的地形地物，更多地接触和掌握金统治者在政治、经济、军事等方面的情况。祖父辛赞“投衅而起”的计划未及实现，便离开了人间。但辛弃疾的侦察所得，却为他南渡后制订北伐计划提供了事实根据。

辛弃疾，为女真贵族的暴行所激怒，为如火如荼的群众抗金斗争所感染，在少年读书时，就已经立下了驱逐女真贵族统治者、统一国家的鹍鹏志，决心为此贡献

自己的力量。他说："少年横槊，气凭陵、酒圣诗豪余事。"（《念奴娇·双陆，和陈仁和韵》）因此，他既不热衷于功名，也不追求富贵，而是密切注视着斗争的形势，寻找起事的时机，准备投入战斗。

南归后，辛弃疾娶范邦彦之女为妻。范邦彦，字子美，邢台人，是宋徽宗政和、宣和年间的太学生。女真贵族入侵中原时，他陷虏，未能南归。他想到"惟仕可以行志"②，便去考取进士，任蔡州新息县令。绍兴三十一年（1161）十月，金主完颜亮大举南犯为南宋军队所败时，他乘机率领部下开蔡州城欢迎宋军，以其县归宋。从此，他便移家南方。辛弃疾与范邦彦同属抗战志士，两家便结为姻亲。

其后，范邦彦之子范如山（字南伯），与辛弃疾"皆中州之豪，相得甚"③，也有深厚的友谊。辛弃疾把他的女儿嫁给南伯之子，结为儿女亲家。淳熙五年（1178），范南伯五十岁生日，辛弃疾作《破阵子》词为其祝寿，勉励他为收复失地、统一国家而努力奋斗：

掷地刘郎玉斗，挂帆西子扁舟。千古风流今在此，万里功名莫放休，君王三百州。　燕雀岂知鸿鹄，貂蝉原出兜鍪。却笑卢溪如斗大，肯把牛刀试手不？寿君双玉瓯。

其思想志趣之一致，由此可以想见。

从辛弃疾的作品中，我们还知道他有族弟二人。名已无从查考，只知他们的字是祐之和茂嘉。明确题为“寄祐之弟”“送祐之弟”的词有七首，“送茂嘉十二弟”的词有二首。从这些词来看，他们也都是有些民族意识和抗金思想的人物。其中以《贺新郎·别茂嘉十二弟》最能看出他们的精神面貌。

辛弃疾幼年时随祖父在谯县任所，受学于亳州刘瞻。刘瞻，字岩老，自号樱宁居士。金世宗时，曾为史馆编修，工于田园诗，颇负盛名。刘瞻的门生很多，但学业最好者只有辛弃疾和党怀英二人。他们从学刘瞻不久，便闻名于亳州的读书界，时贤都以“辛党”并称，盛赞其才华出众了。

辛党虽才名相当，但在政治上、思想上，以至在事业上，他们却是大相径庭的。党怀英早在青年时期，便已钻进了女真贵族政权的上层，当了金人的内翰承旨，充当了女真贵族发动掠夺战争、残害祖国同胞的帮凶。辛弃疾却选择了完全不同的道路。当他二十二岁时，便已投身于抗击女真贵族掠夺者的斗争中去，并在斗争中，锻炼成长为农民抗金武装的领导人，成为南宋知名的民族志士、爱国词人，为收复失地，统一祖国，坚持不懈，贡献出了自己毕生的精力。

①《宋史·辛弃疾传》。

②③ 刘宰《漫塘文集·故公安范大夫及夫人张氏行述》。

二、青年英雄的战斗生涯

女真贵族入主中原以来，北方人民武装的抗金斗争是始终不曾停止过的。由于金统治者对北方人民不断推行软硬兼施的反革命两手策略，所以北方人民的武装斗争形势，便呈现出时起时伏、时高时低的特点。

绍兴三十年（1160），完颜亮为了准备大举南犯，进一步强化了对北方人民的榨取与掠夺。时“水旱螟蝗间作，官中税赋之外，以和籴为名，强取民间者，如带籴，借籴，帖籴之类，二年之间，不下七八次。民间有米，尽数为之拘括，然即以户口之大小，拟定数目，勒令申纳”。他们对北方人民“科役诛求，竭其膏血”①，还征发了大批壮丁和马匹。女真、契丹、奚族人民中的壮丁，悉数签发，共得二十四万人。同时强征汉族壮丁，

蕃汉混合编成部队。又强征水手三万多人，建立水军，妄图从海道进攻南宋。所征发的马匹沿途践踏田地，以作物当饲料。北方人民（也包括女真等族的人民）实在无法生活下去了。于是，汉族、契丹族人民的起义不断发生，北方人民的抗金斗争再次出现高潮。

当时，在我国辽阔的北方，抗金的义旗如雨后春笋。所谓“盗贼蜂起，大者连城邑，小者保山泽”②，正是这种情况的真实写照。长城以北的契丹族人民以耶律斡罕为首发动了大规模的反抗斗争，很快发展成为有数万之众的抗金武装力量。在中原，东海县张旺、徐元首先举起义旗，使完颜亮不得不派新编的水军去镇压。接着是魏胜反于海，开赵反于密，王友直反于魏，耿京反于齐鲁，……遍地点燃起抗金的熊熊烈火，使金贵族统治者穷于应付，捉襟见肘，牵制了它相当大的一部分力量。

北方人民抗金斗争的喜人形势给予辛弃疾以极大鼓舞和鞭策。年仅 22 岁的辛弃疾，热血沸腾，怀着杀敌报国的强烈愿望，也在济南附近的山中聚集了二千余人，起义了。

在那众多人民抗金武装中，声势最大、力量最为雄厚的要数耿京领导的义军队伍了。耿京，济南人，出身于“陇亩之中”，苦于女真贵族的征赋之酷，无法生活下去，便结集李铁枪等人，举起义旗入东山。队伍逐渐壮大，攻取莱芜县、泰安军，发展成数百人之众。当时，

兰州农民贾瑞亦聚众数十人起义，归属耿京。贾瑞建议耿京把义军队伍分为诸军，各令招人，从此队伍渐盛，不久即发展壮大成为有二十五万之众的义军。耿京任命贾瑞为诸军都提领。连河北大名府一带有十几万义军队伍的王友直也派人与耿京联系，愿受他所节制。此时，辛弃疾也率领队伍投归耿京，接受耿京的节制，并在耿京义军中做了掌书记，与耿京共图恢复大计。在当时一般地主阶级知识分子都“不肯俛首听命以为农夫下”（《美芹十论·详战》）的传统意识束缚下，辛弃疾能率众投归耿京，并接受这位农民出身的义军领袖的领导，表现了这位青年知识分子的反传统精神。

在“中原人民，屯聚蜂起”（《美芹十论》）的抗金斗争大发展的形势下，难免泥沙俱下，在抗金义军队伍中混进一些投机分子和不坚定分子。当时，耿京义军中，有一个名叫义端的和尚，喜谈兵法，原亦聚众千余人，与辛弃疾时有往还。辛弃疾率众归京后，说服他也投归了耿京，在耿京义军中充当一名小头目。但是，义端心存野心，不满于他已有的地位。有一天，竟私自窃印而逃，堕落成为背叛农民义军、投降敌人的叛徒。

事情发生后，耿京大怒，要拿辛弃疾问罪。一则因为义端原是辛弃疾介绍入伙；二则大印是由辛弃疾掌管，义端是从辛弃疾处窃走。对于义端的叛变，辛弃疾也是

耿

怒不可遏。他向耿京要求说："给我三天的期限，去把他捉回；如不获，再杀我不迟。"耿京答应了他的要求，让他去追擒义端和尚。

辛弃疾揣度，义端必然把抗金义军的机密情况奔告金人。他便顺着通往金军兵营的道路，日夜兼程，急追直下，果然捉获义端。这个叛徒眼看大势已去，竟妄想以花言巧语软化辛弃疾，说什么"我识君真相，乃青兕也，力能杀人，幸勿杀我"③。辛弃疾岂能怜悯蛇一样的恶人，斩其首归报耿京。这一行动初步显示了辛弃疾的智勇和才能。从此，耿京更加信任和器重他了。

抗金义军的发展与壮大，给予女真贵族政权以极大的威胁。为了对付"蜂起"的义军，他们一方面采取了一些缓和阶级矛盾和民族矛盾的措施，如部分地除去了原来的一些苛暴政令，尽量诱使劳动人民各还本乡本业，劝诱起义的北方人民投降。完颜雍即位（1161）后又下令大赦，"在山者为盗贼，下山者为良民"④，妄图以此分化瓦解山水寨中的农民义军。另一方面，他们又调集重兵，对农民义军进行残酷的围剿，妄图各个击破。耿京领导的义军是各抗金义军中力量最强的一支，特别引起敌人的注目。因此，斗争的形势就更加复杂而又严酷了。

抗金义军迅速发展带来的问题，恰恰给敌人造成了可乘之机。义军都是农民组成，缺乏训练；队伍发展很

快，缺乏严密的组织；给养武器供应不足，等等。这些问题如不迅速解决，在敌人软硬兼施的反革命两手策略的冲击下，抗金义军就有可能陷入危险的境地，这是每一个义军领导人必须认真考虑和解决的问题。如何解决这些问题？有两种不同的途径。一是从整顿义军队伍，加强义军的思想和组织建设入手。在整顿中，严密组织队伍，提高战斗力，建立根据地，这是正确的途径。但当时辛弃疾不可能摆脱地主阶级知识分子的偏见，对以宋高宗为首的南宋朝廷抱有一些幻想，希望南宋朝廷能够支持北方义军的抗金斗争，使宋军能与北方义军协同作战；或者，将来义军在北方无法坚持时，可以把队伍拉到长江以南，改编成为宋军，继续抗金。出于这种不切实际的考虑，辛弃疾便向耿京建议："决策南向。"⑤耿京接受了辛弃疾的建议，决定奉表南归。

绍兴三十二年（1162）正月，耿京决定派诸军都提领贾瑞为代表渡江朝见高宗。贾瑞说："如到朝廷，宰相以下有所诘问，恐不能对，请一文人同往。"耿京同意这一意见，增派掌书记辛弃疾同往。他们经楚州（今江苏淮安）向建康进发，晋谒从临安到建康劳军的宋高宗。

宋高宗本是南宋投降集团的头子，南渡以来，不修武备，打击陷害爱国志士，销铄抗战的军心民气，从未有过抗战的打算，更无抗战的行动。但为了维护其偏安局面，他们却十分需要北方抗金义军在敌后开展斗争，

牵制金人兵力，使之无力南犯，“使其君臣上下苟一朝之安而息心于一隅”⑥。所以，对于有着二十五万之众的义军代表，宋高宗便不得不装出一副十分重视的姿态，不仅“即日引见”，而且皆命以官：授耿京为天平军节度使，知东平府，兼节制京东、河北路忠义军马；授贾瑞敦武郎閤门祗侯，耿京、贾瑞皆赐金带；授辛弃疾右承务郎，天平节度掌书记；其余，统制官都授修武郎，将官都授成忠郎，补官者共二百余人。南宋政府派吴革、李彪带了耿京的官诰、节钺等，同贾瑞等一起到耿京军中。南宋官吏患恐敌症，畏敌如虎，他们行至楚州，吴、李便不敢前行，要求在海州等候，叫耿京等来海州接受诰节。贾瑞等便由京东招讨使李宝派统制王世隆率十数骑陪同北行。

在贾瑞和辛弃疾“奉表”南下时，起义军中发生了一个十分重大的事变——张安国伙同邵进杀害了耿京，投降了金人。

张安国原是山东一小支起义军的头领，受耿京节制。因其怀着投机心理入伙，屈服于敌人的压力，“贪虏重赏”，这时便乘贾瑞、辛弃疾不在之机，与金人串通一气。金人诱以官禄，要他杀害耿京。他便拉拢了耿京部下的一个叛变分子邵进，对耿京下了毒手。在这一突然事变中，尚缺乏严密组织的义军未能经受住考验，有一部分人被张安国挟持着去投降了金人，大部分则都溃散

了。张安国杀害耿京，瓦解了一支最强大的抗金农民义军，为女真贵族政权除去了心头之患。他以可耻的叛卖行径换取了敌人的济州（今山东省巨野县）知州的官位，堕落成为农民义军的败类。

辛弃疾闻讯耿京被杀，义军溃散，十分痛心，决心要为耿京报仇，捉拿叛徒"还朝以正典刑"。接着，他还至海州，与大家计议："我缘主帅来归朝，不期事变，何以复命?"于是约统制王世隆和忠义军人马全福等共五十人，驰马直趋金营。他们到达济州时，张安国与金将及其部属正在饮酒作乐，庆贺胜利。辛弃疾率五十人的轻骑队，出敌不意，冲进有五万金军守卫的兵营，把张安国绑缚马上，声言要与他出郊议事，并对济州敌军宣称："南宋的十万大军就要到了"，号召大家赶快起义。辛弃疾率领着轻骑队，束马衔枚，昼夜不停地直驰淮南。然后，把叛徒张安国押至临安，斩首示众。张安国受到了应有的惩罚。

这一壮举，显示了青年辛弃疾的机智、勇敢、魄力和不平凡的军事才能，打击了敌人的凶焰，伸张了民族正气，增强了人民抗敌的信心，振奋了抗战的士气。当时，有人称赞这一壮举是"壮声英概，懦士为之兴起，圣天子一见三叹息"⑦，是有一些道理的。

这段驰骋疆场的战斗生活，在辛弃疾的一生中虽是短暂的，但却是很有意义的，对他的思想和创作有着深刻的影响。在他南渡以后，这段富有战斗意义的生活，便经常出现在他的记忆之中，反映在他的作品里：

壮岁旌旗拥万夫，锦襜突骑渡江初。燕兵夜娖银胡𩨉，汉箭朝飞金仆姑。

——《鹧鸪天》

落日塞尘起，胡骑猎清秋。汉家组练十万，列舰耸层楼。谁道投鞭飞渡，忆昔鸣髇血污，风雨佛狸愁。季子正年少，匹马黑貂裘。

——《水调歌头》

挥羽扇，整纶巾。少年鞍马尘。如今憔悴赋《招魂》，儒冠多误身。

——《阮郎归》

这都如实地写出了他青年英雄的气概和对抗敌事业的进取之心。除歌词之外，他在《美芹十论》中，也有对这段战斗生活的追述。

在我国文学史上，具有辛弃疾这样战斗经历的作家，是罕见的，值得加以注意。

年青的英雄从此结束了他那投身于群众抗金斗争的战斗生涯，而转向南宋的官场，在抗金斗争的另一条战线，对南宋朝内的投降派，展开了斗争。此后，辛弃疾就奉南宋政府之命到江阴做签判去了。

①《三朝北盟会编·下帙一百三十》。

②《金史·李通传》。

③《宋史·辛弃疾传》。

④ 章颖《南渡四将传·魏胜传》。

⑤《宋史·辛弃疾传》。

⑥《陈亮集·上孝宗皇帝第一书》。

⑦ 洪迈《稼轩记》。

三、“股肱王室，经纶天下”①的中兴大略

大材小用古所叹，管仲萧何实流亚。
天山挂旆或少须，先把银河洗嵩华。
中原麟凤争自奋，残虏犬羊何足吓。
但令小试出绪余，青史英豪可雄跨。

这是南宋爱国诗人陆游在嘉泰四年(1204)写的《送辛幼安殿撰造朝》诗中，盛赞辛弃疾的政治军事才能的诗句。当时，辛弃疾知绍兴府事。这年正月，宋宁宗赵扩召见辛弃疾，要他到临安陈述对付女真贵族政权的意见。他接到召见之命以后，要离开绍兴时，陆游特地写了这首热情洋溢的送行诗。他说就才能而论，辛弃疾是与历史上的名相管仲、萧何不相上下的人物。如果要他率兵攻陷女真贵族的老巢，也许还要等一段时间，

但当前首先要收复河南、陕西一带，把被金人玷污了的嵩山、华山都洗个干净；若采取这样的军事行动，中原起义抗金的人民一定会奋起响应。只要让他稍展才能，稍出余力，定能超过历史上的豪杰。

这应是符合历史事实的公允之论。辛弃疾早年是二十五万农民义军的领导者之一，有带兵的实践经验；南渡后又成功地创建和训练了飞虎军；在南渡后不久，他就写了全面论述恢复大计的《美芹十论》（又名《御戎十论》）和《九议》等论著。这些论文充分表明，辛弃疾不仅具有高度的爱国思想和民族气节，并且有勇有谋，娴于韬略，是一个文武兼备的人物。所以，在辛弃疾三十二三岁以后，朋友中间有些人就说他“有文武材，伟人也”②，有的说他从事的事业是当年“周公瑾、谢安事业”，把他比作周、谢，并认为，南宋政府若改变妥协投降的方针，他是可以担当起并完成收复失地的大业的③。当辛弃疾仅三十五岁之年，以右丞相兼枢密使的叶衡，即“力荐弃疾慷慨有大略”④；辛弃疾的学生范开在为稼轩词写的序中，也说他是“一世之豪，以气节自负，以功业自许”⑤；辛派词人刘过则称颂他的军事才能“古岂无人，可以似吾稼轩者谁？拥七州都督，虽然陶侃，神明机鉴，未必能诗”⑥，说只有东晋的大将陶侃可以和他相比。这一切都说明，陆游诗中的赞语，实际代表了当时主战派人士中的共同看法，我们是不能当作知识分子

间的谀辞来看待的。

辛弃疾的论著，除了系统完整的“万字平戎策”的《美芹十论》和《九议》之外，还有《论阻江为险须藉两淮疏》、《议练民兵守淮疏》、《论荆襄上流为东南重地》等篇。其文章议论“英伟磊落”，“笔势浩荡，智略辐辏”⑦。他从南宋抗金战争的实际情况出发，对当时的形势作了深入细致的分析，提出了一系列卓有成效的驱逐敌人、收复失地、实现国家统一的战略和策略。这些战略和策略，完整地反映了辛弃疾进步的政治军事思想，是当时主战派观点的集中反映。

振奋人心的形势分析

隆兴元年（1163），符离一役失利后，张浚去职，投降派的代表人物汤思退、史浩用事，朝廷内“抗战必亡”的投降论调遂甚嚣尘上。如王夫之所说：“符离小衄，本无大损于国威，而生事劳民之怨谤已喧嚣而起。”⑧在主战派横遭迫害，投降派猖獗一时的恶劣形势下，辛弃疾挺身而出，对形势进行了详尽周密的唯物主义分析，作出了敌人必亡，抗战必胜的振奋人心的论断，给予投降派有力的一击。

对形势的估量，决定着战争的部署，决定着战争的结局，是十分重要的一环。正确地估量形势，体现了辛弃疾的远见卓识。辛弃疾之所以能够对形势作出比较正

确的估量，首先因为他站在抗金的立场上，着重于战争性质、民心向背的分析，也因为他不为表面现象所迷惑，能够较全面地辩证地观察问题。他提出了一个“不沮于形”、“不眩于势”的原则：

用兵之道，形与势二。不知而一之，则沮于形、眩于势、而胜不可图，且坐受其毙矣。何谓形？小大是也。何谓势？虚实是也。

——《美芹十论·审势》

“不沮于形”、“不眩于势”，在辛弃疾看来是观察形势的重要原则。然而，其所说的“形”与“势”，在当时究竟何所指？他说：

土地之广，财赋之多，士马之众。此形也，非势也。形可举以示威，不可用以必胜。譬如转嵌岩于千仞之山，轰然其声，巍然其形，非不大可畏也，……若夫势则不然：有器必可用，有用必可济。譬如注矢石于高墉之上，操纵自我，不系于人，……自今论之：虏人虽有嵌岩可畏之形，而无矢石必可用之势，其举以示吾者，特以威而疑我也；谓欲用以求胜者，固知其未必能也。

——《美芹十论·审势》

地广、财多、士众，正是女真贵族政权威慑南宋的主要资本，也是南宋的投降主义集团罗织女真贵族政权不可

战胜神话的主要依据。可是，辛弃疾认为，这都是仅有“轰然其声，嵬然其形”的表面现象，只可以用来吓人，是不能用来夺取战争胜利的。至于“势”，则是指在战争中的可用之器。女真贵族政权并无这种可用之势。所以，他要求人们观察形势时，不要拘泥于“形”，要看清“势”。

根据这一原则，辛弃疾对女真贵族政权统治区内的各种矛盾进行了深入细致的分析，揭露了其外强中干的虚弱本质，指出貌似强大的敌人有“三不足虑”。他认为，“虏人之地，虽名为广，其实易分”。女真贵族进行的是非正义的掠夺战争，同时，在其占领区内又实行着残酷的民族压迫政策，致使境内矛盾重重，日趋激化。人民纷纷聚集起来反抗，割据蜂起。正如辛巳之变后的情况那样，“萧鹧巴反于辽，开赵反于密，魏胜反于海，王友直反于魏，耿京反于齐鲁，亲而葛王又反于燕”，所以敌人并不能完全控制其占领区。这是一不足虑。“虏人之财，虽名为多，其实难恃。”敌人从宋朝得到的岁币只有金与帛，这些东西只可以用来赏赐，不可以用来养兵；中原出产的粮食，可以养兵，但不能保其无失。女真贵族政权机构庞杂，官吏凶横，从占领区人民身上搜刮来的钱财，“公实取一而吏七八之”，人民不堪忍受其搜刮，常常起而反抗，反抗“则财不可得而反丧其资”。这是二不足虑。“其为兵，名之曰多，又难调而易溃。”其在中

原征发的汉军，“皆其父祖残于蹂践之余，田宅罄于槌剥之酷”，怨愤所积，打起仗来，当然要反戈相向；从塞外征发的契丹各族壮丁，虽其数可以百万计，但在万里之外，道路遥远，资粮器甲一切取办于民，赋输调发没有一年是不可能到达的。更为重要的是，从塞外征发的这些壮丁，女真贵族也是用“诛胁酋长、破灭资产”（《美芹十论·审势》）等残酷手段加以驱遣，强使从役，结果，未到前线便都中途逃窜了。所以，其军队数量虽多，却有不少溃散因素。这是三不足虑。辛弃疾对敌人的这种实事求是的分析，体现了他朴素的唯物主义观点，揭露了由于女真贵族对汉族及其他民族的掠夺而产生的矛盾，鼓舞了人们的抗战热情，破除了对敌人的迷信，加强了对敌斗争的意志。

至于在其朝廷内部，也是矛盾重重，互相残杀。其朝廷中所用，契丹、中原、江南之人都有，结果便出现了“将相则华夷并用而不相安，兄弟则嫡庶交争而不相下”（《九议·其五》）的局面。他们不仅“上下猜防，议论龃龉”，并且，“骨肉间僭弑成风”（《美芹十论·审势》），“必将党与交攻、大为杀戮而后已”（《九议·其五》），这就必然引起其内部的大乱，因而构成了敌人的“腹心之疾”，其自保尚且不暇，当然也就无法谋算别人了。

辛弃疾这种言简意明的概括论述，有着大量的历史

事实作为依据。女真贵族建立金政权以来，其最高统治集团中多次发生残杀事件，兄弟、父子间，为了争权，辄相残杀。试看金熙宗皇统九年（1149）四月，发生在女真贵族最高统治集团中的一场大火并：

……翰林学士承旨张钧作赦文，称乃者，龙潜我宫之句，由是（亶）大怒曰："龙奈我何?"将张钧杖之数百，截去手足，差而斩之。东昏（金主完颜亶）不道，自此始也。每日窥觇左右近侍，不辨亲疏，唯有少不如意，恣情逞欲，手自刃之。亲杀兵部尚书赛居常，护卫将军八斤，广武宿直将军特赛定，远胙王长胜马及其弟冀州节度使查辣子侄皆族诛之；又手刃邓王子阿木辅国兄弟二人，又手刃皇后裴摩申氏，并诸妃嫔，以放归宗者数辈，皆赐死于家，大臣战栗待死，每旦入朝，与亲戚相别而行。驸马都尉唐古下率平章政事，歧国王亮廉访参政，萧王仲武太常大卿，乌达宿直将军，干诸尚厩局使，高景山寝殿，小底兴国奴同谋，因帝醉熟睡，先盗去帝侧弓刀，诈称宣命，夜召亮等直入宵仪殿就醉寝弑帝，时年三十一。……忽突先以所执枪刺东昏于壁，众乃同时相前乱刀斫而杀之，……左丞相宗贤夜半入内，遂乱刀砍杀，并男子并诛之。亦召右丞相

曹国王阿鲁孛山，至则缢杀之，遂立亮，改号天德。

——《三朝北盟会编》下帙一百十六

完颜亮杀君自立，他自己也没有逃脱被杀的下场。绍兴三十一年（1161），在他率军南犯时，为其部下乱箭射死于军帐之中。女真贵族最高统治集团中的这种僭弑风气，给南宋的抗金斗争造成了可乘之机。

“不沮于形”、“不眩于势”是分析形势的原则，也是观察敌情的重要原则。据此，辛弃疾提出当时“虏情”的特点是“三不敢必战”和“二必欲尝试”。

所谓“三不敢必战”，是说女真贵族政权如再对南宋大规模用兵作战，内心还有许多忧虑。金朝内部空虚，必不肯再用“危道”，重蹈殷商的覆辙；万一它冒险再次大规模南犯，也“不过调沿边戍卒而已”，可是，“戍卒岂能必其胜”。这是一不敢必战。地处与金占领区接壤的海、泗、唐、邓等州既为我所收复，敌人用兵三年而没有占领成功，我方又有攻守之士驻防，而“虏人”的进攻力量“已非前日之比”。这是二不敢必战。由于女真贵族政权残酷的民族压迫和掠夺政策，使其统治区各族人民不断爆发反抗斗争，当其进行战争时，“契丹诸胡侧目于其后，中原之士扼腕于其前，令之虽不得不从，从之未必不反”（《美芹十论·察情》），这是三不敢必战。

然而，本质虚弱的敌人从来不会因其虚弱而放下屠刀，相反，总是要装出一副气势汹汹、不可一世的样子。女真贵族政权也是这样。它因“有三不敢必战之形”，因而害怕南宋“窥其弱而绝岁币”，而不得不摆出一副了不起的赫赫逼人的架势，要挟南宋，以战争对它进行讹诈和威胁。这是一欲尝试。女真贵族统治者生性贪婪，“求不能充其所欲”，虽“谋不暇于万全”（《美芹十论·察情》），也要发动战争，希望侥幸取胜，以满足自己贪婪的欲望。这是二欲尝试。于此，辛弃疾把“虏情”色厉内荏的丑态，揭露得淋漓尽致，入木三分。

辛弃疾对敌人存在的矛盾及其给敌人带来的严重后果的分析，是颇有见地的。他从敌人之地广，而看到其地易分；从敌人之财多，而看到其难恃；从敌人之士众，而看到其难调而易溃之所在；从敌人的表面强大，而看到敌人的虚弱本质；又从敌人“不敢必战之形”，而看到其欲尝之可能。总之，在南宋投降派心目中的女真贵族的长处，在辛弃疾看来又正是它的短处；其一时的疯狂猖獗，不过是掩盖其虚弱内心的表象。这种分析，长了自己的志气，灭了敌人的威风，粉碎了敌人不可战胜的神话。

女真贵族政权发动非正义的掠夺战争引起的这些尖锐复杂的矛盾是不可克服的，是它的致命伤。辛弃疾对“民心叛虏”的种种事实作了深入的分析。他明确指出：“自古天下离合之势常系乎民心，民心叛服之由实基于喜

怒。”(《美芹十论·观衅》)那么，“中原之民，其心果为何哉?”他在《美芹十论·观衅》里，讲得淋漓尽致。他说：女真贵族入主中原后，“一染腥膻，彼视吾民如晚妾之御嫡子，爱憎自殊，不复顾惜”。刚开始在其僭割守势未固之时，还勉强姑息以示恩；时间长了，凶相毕露，沦陷之地，半数胡奴，“分朋植党，仇灭中华”。他们霸占中原人民的田产牲畜，强迫当地人民从事于征战、运输、筑营之役，实行民族奴役政策，置中原人民于水深火热之中。处在这种情况下，人民“怨已深、痛已巨、而怒已盈”，就必然“相梃以兴”，奋起反抗。一旦发生战争，“彼将转相告谕，翕然而起，争为吾之应矣”。辛弃疾又在分析历史上国家兴亡原因的基础上，指出：“盖国之亡，未有如民怨、嫡庶不定之酷”，而今女真贵族政权两者“并有之，欲不亡何待?”(《美芹十论·审势》)他认为，只要充分利用这许多“离合之衅”(《美芹十论·观衅》)，敌人就一定能被打败。这体现了辛弃疾进步的战争观。历史经验证明：“得道多助，失道寡助。”辛弃疾从战争性质、民心向背的分析中，得出了与投降派完全相反的结论——抗战必胜。在“抗战必亡”的论调充斥舆论的情况下，他的这番议论，不禁使人们耳目一新，精神为之一振。

不破不立。辛弃疾在进行这种卓有见地的论述的同时，对当时流行的投降主义论调进行了坚决的讨伐，有

力的批判。

南宋的妥协投降集团为了替自己的叛卖行径辩解，造出种种谬论邪说。他们恶毒攻击抗战是“为国生事”、“孤注一掷”，是陷国家、君王于不利之地，似乎只有他们才是为国着想、忧国忧民的志士仁人。他们拼命宣扬“南北有定势，吴楚之脆弱不足以争衡于中原”（《九议·其九》）的天命观，要人们安天守命，任人宰割。

这是典型的民族投降论调。恰如鲁迅先生所斥责的那样，他们在敌人面前，“抖成一团，又必想出一篇道理来掩饰”⑨。辛弃疾在《美芹十论·自治》和《九议》中反复进行了批驳。关于前者，他尖锐指出：

> 且恢复之事，为祖宗、为社稷、为生民而已，此亦明主所与天下智勇之士之所共也，顾岂吾君君相之私哉。
>
> ——《九议·其一》

真是一针见血！抗战、收复失地是为国为民的大事，绝不是任何一个皇帝或宰相的私事，皇帝和宰相更不应为自己的私利而逃避这一斗争，怎么能说是“为国生事”，是陷国家、君王于不利之地呢！

对于后者，辛弃疾针锋相对地提出：“古今有常理，夷狄之强暴不可以久安于华夏。”（《九议·其九》）在中国历史上，固然多次出现南北分裂的局面，但那是“所

遭者然，非定势也”。至于当时的南北之势，不仅不是“定势”，而且较之过去又大不相同了。为什么呢？辛弃疾分析道：

地方万里而劫于夷狄之一姓，彼其国大而上下不交，政庞而华夷相怨，平居无事亦规规然摹仿古圣贤太平之事以诳乱其耳目，是以其国可以言静而不可以言动，其民可与共安而不与共危，非如晋末诸戎四分五裂，若周秦之战国，唐季之藩镇，皆家自为国，国自为敌，而贪残吞噬、剽悍劲鲁之习纯用而不杂也。且六朝之君，其祖宗德泽涵养浸渍之难忘、而中原民心眷恋依依而不去者，又非得为今日比。

——《九议·其九）

敌人统治区内矛盾重重，民心归向南宋，南北之势大异于以往，而且十分有利于恢复大业。在他看来，根本就没有什么“定势”。辛弃疾作出“夷狄之强暴不可以久安于华夏”的论断所根据的“常理”又是什么呢？

夫所谓古今常理者：逆顺之相形，盛衰之相寻，如符契之必合，寒暑之必至。今夷狄所以取之者至逆也，然其所居者亦盛矣。以顺居盛犹有衰焉，以逆居盛固无衰乎？其之所谓理者此也。

——《九议·其九》

"逆"、"顺"相对照比较，"盛"、"衰"相转化，是自然之理。顺乎常理而兴盛尚有衰败的时候，逆乎常理而兴盛的女真贵族政权就一定不会衰败吗？他由此得出结论说：女真贵族政权"不可以久安于华夏"。这说明辛弃疾对抗金战争充满必胜的信心，体现了他"不沮于形"、"不眩于势"的观察问题、分析形势的原则，说明他的世界观中颇有一些朴素的唯物论辩证法的因素。

周密详尽的恢复大计

辛弃疾对收复失地，统一国家，十分关切。南渡后的最初几年，他就连续向宋孝宗赵昚和宰相虞允文上了《美芹十论》和《九议》等"平戎策"，积极主动地对恢复大业提出了周密的具体规划。

这个恢复大计的蓝图，通盘贯穿着用正义战争反对非正义战争，以武力驱逐女真贵族的思想。他在《美芹十论·详战》中，首先以"鸱枭不鸣，要非祥禽；豺狼不噬，要非仁兽"，来揭露女真贵族的豺狼本性，批判了投降主义集团一味追求与敌人"定盟"、"弭兵"的妥协投降行径。他尖锐指出，散布"天下不至于战"的烟幕，是蛊惑人心的论调。辛弃疾基于对敌人豺狼本性的认识，主张主动地"出兵以攻人"，反对被动地"坐而待人之攻"；主张积极地"战人之地"，反对消极地"退而自战其地"。而且认为这是天下的"至权"，兵家的"上策"。

为什么必须主动积极地进攻敌人，而不能被动消极地等待敌人的进攻？因为女真贵族政权已经占领了广大中原地区，抗战不仅要遏止敌人南进，而且要反攻，以收复失地，否则便不能实现封建国家的统一。

以赵构秦桧为代表的投降派既然一味追求“和戎”，就必然是取消战备，公然宣称“欲终世而讳兵”。针对这种谬论，他指出：“凡今日之弊，在乎言和者欲终世而讳兵。”（《九议·其二》）其弊端不仅在于“终世而讳兵，非真能讳也”，而且，徒然使自己“内自销铄，猝有祸变而不能应”（《九议·其二》）。辛弃疾认为，要主动地“出兵以攻人”，实现收复失地的大目标，就必须采取切实有效的措施，安排有条不紊的步骤，从各方面做好打仗的充分准备。

在战备问题上，辛弃疾提出了许多有远见卓识的主张。他认为战备是多方面的：“官吏之盛否，民力之优困，财用之丰耗，士卒之强弱，器械之良苦，边备之废置。”（《美芹十论·自治》）在这许多战备中，他又认为最根本的是精神上的战备。因为必须首先做好打仗的精神准备，从思想上把人们发动起来，才能使人们积极投入抗战事业。为此，他主张应采取迁都金陵（今南京市），停止对金输纳岁币两项措施。这并不是说，绝岁币，国家的财用马上就可以丰富起来，都金陵，中原马上就可以恢复。他认为，这样做所起的作用在于，对内

可以“作三军之气”，对外可以“破敌人之心”，所谓“未战养其气”，“先人有夺人之心”，在思想上和精神上压倒敌人，造成一种反攻图进的气势：

今绝岁币、都金陵，其形必至于战，天下有战形矣，然后三军有所怒而思奋，中原有所恃而思乱，陛下间取其二百余万缗者以资吾养兵赏劳之费，岂不为朝廷之利乎。

——《美芹十论·自治》

辛弃疾进一步分析当时的形势，指出不采取这两项措施，必然造成敌人不可战胜的假象，使军心民气涣散，战斗意志销蚀。他说：

使吾内之三军习知其上之人畏怯退避之如此，以为夷狄必不可敌，战守必不可恃，虽有刚心勇气亦销铄萎靡而不振，臣不知缓急将谁使之战哉。借使战，其能必胜乎？外之中原民心以为朝廷置我于度外，谓吾无事则知自备而已，有事则将自救之不暇，向之袒臂疾呼而促逆亮之毙、为吾响应者，它日必无若是之捷也。如是则敌人将安意肆志而为吾患。

——《美芹十论·自治》

不迁则不足以示天下之必战，中原之变也必缓，吾军之斗也必不力，深居端处以待舆地之来，

是谓却行而求前，此不得已而必迁者也。

——《九议·其八》

通过正反两面的分析论述，雄辩地说明采取这两项措施的重要意义，令人信服地接受“绝岁币”“都金陵”的主张。

关于建都问题，一直存在着两种对立的主张，成为南宋抗战和投降两种思想斗争的重要内容之一。抗战派主张建都建康，作为收复中原的准备；投降派则主张建都临安（今杭州），作为和约破裂后，再行逃跑的打算。南渡之初，李纲、张守、张邵等主战人士即建议定都建康，以图北向中原。然而，绍兴八年（1138）三月，赵构投降集团悍然决定定都临安，否决了李纲等人的建议。后来，不仅辛弃疾力主“都金陵”，而且是南宋抗战志士的一致主张。陈亮曾建议宋孝宗“慨然移都建业（今南京）”，“又作行宫于武昌，以示不敢宁居之意”⑩。陆游也曾建议以南京建都立朝，积极从事收复中原的准备⑪。他们这样主张，除南京险要的战略地位之外，主要的还是想以迁都金陵之举，来进行战争动员。以战备而言，不外精神的和物质的两方面。在某种意义上说，精神上的战备更为重要。只有有了打的精神准备，才能进而做好打的物质准备。辛弃疾对“绝岁币、都金陵”的分析，突出和强调了精神上的战备的作用，是符合历史实际的。

组织措施，在辛弃疾恢复大业的规划中占有重要的位置。抗战的总目标，必须有抗战的组织措施才能保证其实现。因此，他主张“唯贤是举”，重用抗战的有志之士，明确提出“任贤使能”（《论荆襄上流为东南重地》）的原则。他推崇备至的是越勾践、汉高祖、唐宪宗的用人方针：

尝窃深嘉越勾践汉高祖之能任人，而种、蠡、良、平之能处事：骤而胜，遽而败，皆不足以动其心，而信之专，期之成，皆知其所料也。……诚以一胜一败兵家常势，惩败狃胜，非策之上。故古之人君，其信任大臣也，不间于谗说；其图回大功也，不恤于小节；所以能责难能不可为之事于能为必可成之人而收其效也。

唐人视相府如传舍，其所成者果何事？淮蔡之功，裴度用而李师道遣刺客以缓师，高霞寓败而钱徽萧俛以为言，宪宗信之深，任之笃，令狐楚之罢为中舍，李逢吉之出为节度，皆以沮谋而见疏。故君以断，臣以忠，而能成中兴之功。

——《美芹十论·久任》

在辛弃疾看来，他们都是历史上贤能的君主。他盛赞这些贤君“不间于谗说”、“小恤于小节”，不以一胜一败，决定官吏的用废。这实际是希望宋孝宗以他们为楷模。

他进而从和战角度上联系本朝用人方面存在的问题，毫不客气地批评尚健在的太上皇帝赵构“用秦桧一十九年而无异论者”，又指责赵构对秦桧这样的大间谍大特务深信不疑，让他久居宰相要职（见《美芹十论·久任》），这是当废而不废的。

但还有不当废而被废的：张浚是南宋知名的主战派人士，建炎三年（1129）任知枢密院事，力主抗金，建议经营川陕，以屏东南，被任为川陕宣抚处置使。次年因东南形势紧张，以全师反攻永兴军路，牵制金军，与金兀术大战于富平（今属陕西），受挫。后用吴玠等坚守秦岭北麓，屡败金兵。绍兴四年（1134），再任枢密使，次年为宰相。秦桧执政后，被排斥在外近二十年。绍兴三十一年（1161），金主完颜亮南犯时，重被起用。次年六月，孝宗即位，召见张浚，封他做魏国公。隆兴元年（1163），孝宗命他指挥李显忠、邵宏渊二将北伐。开始，连克数城，初战告捷，孝宗写信给张浚说：“近日边报，中外鼓舞，十年来无此克捷。”后来，因李、邵两将不和，在符离一役挫败。当时已是秦桧同党汤思退任宰相，张浚便被排挤去职。辛弃疾直接了当地批评在位皇帝宋孝宗因张浚符离一挫就撤职，是轻率的，不是古代贤君的“任宰相之道”。他认为，对张浚这样的主战派人士，应当使其“专于职治”，不能“轻移遽迁”。这样，他们才能“无苟且之心”，乐于奋发努力，为国效力。辛弃疾

认为，任用主战派人士是全部战备规划的“纲”，“一纲既举，众目自张”（《美芹十论·久任》）。在与投降派的反复斗争中，辛弃疾从正反两方面的经验中，找出了问题的关键，是很有意义的。

完成恢复大业，必须有一支士气高、斗志旺的正规军。自古以来，进步的军事家总是注意激励士气，鼓舞斗志，强调军队士气的高低对战争胜负的影响很大。孙膑说：“合军聚众，〔务在激气〕。复徙合军，务在治兵利气。临境近敌，务在厉气。战日有期，务在断气。今日将战，务在延气。……以威三军之士，所以激气也。将军令……其令，所以利气也。将军乃……短衣絜裘，以劝士志，所以厉气也。”⑫

辛弃疾深知，在军队战斗力的诸因素中，士气、斗志是十分重要的。他认为，将士没有不怕牺牲的勇敢精神，战争是不可能打胜的。他说：

臣闻行阵无死命之士则将虽勇而战不能必胜，边陲无死事之将则相虽贤而功不能必成。将骄卒惰，无事则已，有事而其弊犹尔，则望贼先遁，临敌遂奔，几何而不败国家事。

——《美芹十论·致勇》

军队士气低落，便会贪生怕死，临阵脱逃，贻误国事。然而怎样才能提高军队的士气呢？辛弃疾认为，必须

“致其勇”。“人莫不重死，唯有以致其勇，则惰者奋、骄者耸，而死者所不敢避”，所以这是“鼓舞天下之至术”。将帅之情与士卒之情不同，“致勇”之术也自当有别：“致将帅之勇，在于均任而投其所忌，贵爵而激其所慕”；“致士卒之勇，在于寡使而纾其不平，速赏而恤其已亡”（《美芹十论·致勇》）。

辛弃疾进一步揭露南宋军队在这方面存在的种种弊端，以说明“致勇”的迫切性。他认为，将帅方面的弊端在于“儒臣不知兵而武臣有以要其上”，战场上的情况，朝廷仅仅能知道胜与负，至于“当进而退、可攻而守”这样一些较为具体的战斗过程，就无法知道了。宋朝君主鉴于唐五代军人割据的教训，将帅多用文职，造成了指挥者不识兵机的情况。其中或用武臣，则往往拥兵自重，要挟朝廷，使朝廷失去对军队的控制和指挥。针对这种情况，辛弃疾主张每军置一得力的参谋人员，协助指挥：

> 臣今欲乞朝廷于文臣之中择其廉重通敏者，每军置参谋一员，使之得以陪计议、观形势、而不相统摄，非如唐所置监军之比。彼为将者心有所忌，而文臣亦因之识行阵、谙战守，缓急均可以备边城之寄；而将帅临敌，有可进而攻之之便，彼知缙绅之士亦识兵家利害，必不敢依违养贼以

自封而遗国家之患。

——《美芹十论·致勇》

这样既可以对武臣加以监督，使其有所顾忌，又可以帮助文臣熟悉战略战术，便于指挥。至于官爵的升迁，朝廷则应“齐量其功，等第而予之”，使之经常“有歆慕未足之意”，“知一爵一命之可重”。这样，他们就会“矜持奋励，尽心于朝廷则希尊荣之宠”。这就叫做“贵爵而激其所慕”的致勇之术。

在南宋军队中，碍于兵卒士气提高的因素就更突出了。士卒“饱暖不充”，在战场上“肝脑不敢保”，而主将却“歌舞无休时”，“雍容于帐中”。“平时又不与之休息以养其力”，甚至随便役使，令其搬运土木，营建私室，并肆意鞭挞，使其心怀怨愤。在这种情况下，“谁肯挺身效命以求胜敌”？其次，士卒冒万死、幸一生，立功得赏。“赏定而付之于军，则胥吏轧之、主将邀之，不得利不与。”如“不幸而死，妻离子散，香火萧然，万事瓦解”，“未死者见之谁不生心”？辛弃疾主张将帅应“与士卒同衣食而分劳苦”，“为士卒裹创恤孤”。他向宋孝宗建议：

臣今欲乞朝廷明敕将帅，自教阅外，非修营治栅名公家事者不得私有役使，以收士卒之心。

臣今欲乞朝廷遇有赏命，特与差官携至军中，

呼名给付；而死事之家，申敕主将曲加抚劳，以结士卒之欢。

——《美芹十论·致勇》

这就是“寡使而纾其不平”、“速赏而恤其已亡”的致勇之术。果能如此，则“骄者化而为锐，惰者化而为力”。这样的军队，“守之而无不固”，“攻之而无不克”（《美芹十论·致勇》）。

辛弃疾认为，只要把这些致勇之术付诸实施，就可以“得上下之欢心”，提高军队的战斗力，急难时便“不至于误国”。这表明，辛弃疾在一定程度上看到了人的精神力量在战争中的作用。这种致勇之术与当年商鞅的办法十分类似。商鞅说：“所谓壹赏者，利禄、官爵搏出于兵，无有异施也。夫固知愚、贵贱、勇怯、贤不肖，皆尽其胸臆之知，竭其股肱之力，出死而为上用也。”⑬由此可以看出它们之间的继承关系。

既然抗战是“为社稷、为生民”的大事，那么，仅有一支少数人组成的正规军是不够的，还必须最大限度地动员民众，组织民众，投入战争。为此，辛弃疾主张奖励耕战，实行“屯田”制度，建立一支平时能生产，战时能打仗的民兵武装，而不是投入重兵加以固守。

辛弃疾比较重视人民群众在抗金战争中的作用。他说：“守城必以兵，养兵必以民，使万人为兵，立于城

上，闭门拒守，财用之所资给，衣食之所办具，其下非有万家不能供也。”（《议练民兵守淮疏》）然而应怎样发挥人民群众在抗金战争中的作用呢？他根据两淮的人口稀少的实际情况，主张把那里的人充分地加以动员和组织：

臣以谓两淮民虽稀少，分则不足，聚则有余。若使每州为城，每城为守，则民分势寡，力有不给；苟敛而聚之于三镇，则其民将不胜其多矣。窃计两淮户口不减二十万，聚之使来，法当半至，犹不减十万。以十万户之民供十万之兵，全力以守三镇，虏虽善攻，自非扫境而来，乌能以岁月拔三镇哉！

——《议练民兵守淮疏》

还不仅解决了兵源问题，还可以提供粮饷。“用兵制胜以粮为先，转饷给军以通为利”，他认为，“必欲使粮足而饷无间绝之忧，唯屯田为善”（《美芹十论·屯田》）。具体办法是：

不如籍归正军民厘为保伍，择归正不厘务官擢为长贰，使之专董其事。……归正之人家给百亩而分为二等：为之兵者，田之所收尽以予之；为之民者，十分税一则以为凶荒赈济之储。室庐、器具、粮种之法一切遵旧，使得植桑麻、蓄鸡豚、

> 以为岁时伏腊婚嫁之资；彼必忘其流徙，便于生养。无事则长贰为劝农之官，有事则长贰为主兵之将，许其理为资考，久于其任，使得悉心于教劝，而委守臣监司核其劳绩。……
>
> ——《美芹十论·屯田》

组成保伍的民兵，一面生产，一面进行军事训练。平时“使各居其土，营治生业”；遇有紧急情况，即由各军镇将官分别调集，与敌人开展游击战争，密切配合正规军的作战行动：

> 缓急之际，令三镇之将各檄所部州县，管拘本土民兵户口赴本镇保守，老弱妻子、牛畜资粮、聚之城内，其丁壮则授以器甲，令于本镇附近险要去处分据寨栅，与虏骑互相出没，彼进吾退，彼退吾进，不与之战，务在夺其心而耗其气。而大兵堂堂整整，全力以伺其后，有余则战，不足则守，虏虽劲亦不能为吾患矣。且使两淮之民仓促之际不致流离奔窜、徒转徙沟壑就毙而已也。
>
> ——《议练民兵守淮疏》

这种亦兵亦农的屯田制度和灵活机动的游击战术，继承并发展了古代一些进步军事家的优良传统，为后人所效法。他说：“此正周人待商民之法，秦人使人自为战之术，而井田兵农之遗制也。”（《美芹十论·屯田》）所谓

“三军可夺气，将军可夺心。是故朝气锐，昼气惰，暮气归。善用兵者，避其锐气，击其惰归，此治气者也”（《孙子兵法·军争》）。辛弃疾对此做了进一步的阐发。他认为，这样做不仅可以“内以节冗食之费，外以省转饷之劳，以销桀骜之变”（《美芹十论·屯田》），而且，“虏来不足以为吾忧，而我进乃可以为彼患也”（《美芹十论·守淮》）。

辛弃疾还进一步具体规划了收复中原、主动进攻敌人的途径，须先从“其形易、其势重”的山东开始：

> 今日中原之地，其形易、其势重者，果安在哉？曰：山东是也。不得山东则河北不可取，不得河北则中原不可复。……方今山东者虏人之首，而京洛关陕则其身其尾也。由泰山而北，不千二百里而至燕，燕者虏人之巢穴也。
>
> ——《美芹十论·详战》

就战略地位来说，山东好比“虏人之首”，收复山东是收复中原的关键。因此，决策以山东作为整个北伐战争的首攻目标是正确的。但辛弃疾做出这种战略抉择的根据，还不仅着眼于战略地位一点，而是有着其他一些重要条件。他进一步分析说：

> 山东之民劲勇而喜乱，虏人有事常先穷山东之民，天下有变而山东亦常首天下之祸。至其所

谓备边之兵，较之他处，山东号为简略。且其地于燕为近，而其民素喜乱，彼方穷其民、简其备，岂真识天下之势也哉。

——《美芹十论·详战》

山东群众条件好，民气劲勇是一个方面。更重要的是在“兵出山东则山东之民必叛虏以为我应”。从敌人方面说，在这里的守备力量较弱，可以“避实击虚”，又靠近燕京，容易得手。如此，“则山东指日可下，山东已下则河朔必望风而震，河朔已震则燕山者臣将使之塞南门而守”（《美芹十论·详战》）。这种周密的分析，利弊昭然的战略抉择，不仅表现了他“为社稷、为生民”的胸怀，并且充分体现了他灵活机动的战略策略思想。

抗击女真贵族，并进而收复为其占领的土地，就必须有雄厚的物质基础和经济力量。因此，辛弃疾主张改革理财，以适应抗战的要求。

宋廷南渡以来，迄未把物质财富集中使用于抗战，而主要是供达官贵人们享受挥霍。权贵们既享有崇高的权位，又聚敛了大量的资财。其所建宫府私宅，莫不规模宏大。当时崇尚园林风景之风甚盛，有的书上记载西湖沿岸的苑囿之多说：“杭州苑囿，俯瞰西湖，高挹两峰，亭馆台榭，藏歌贮舞，四时之景不同。”⑭最高统治集团在这里建了许多亭园，“禁中及德寿宫皆有大龙池、

万岁山、拟西湖冷泉、飞来峰，若亭榭之盛，御舟之华，非外间可拟”⑮。著名的“御园”就有聚景园、玉津园、富景园、屏山园、玉壶园、集芳园等，其建筑之宏丽豪奢，达到极惊人的程度。试看周密描绘的俞氏亭园的假山：

> 浙右假山最大者，莫如卫清叔吴中之园。一山连亘二十亩，位置四十余亭，其大可知矣。然余平生所见秀拔有趣者，莫如俞子清侍郎家为奇绝。……峰之大凡百余，高者至二、三丈，奇奇怪怪，不可名状。……乃于众峰之间，萦以曲涧，甃以五色小石，旁引清流，激石高下，使之淙淙然下注大石潭。上荫巨竹寿藤，苍寒茂密，不见天日。
>
> ——《癸辛杂识》前集

一个侍郎既如此豪奢，其他高官更不待言。统治阶级如此挥霍无度，必不能有足够的物力财力支持抗战。对此，陈亮曾提出尖锐的批评：“秦桧又从而备百司庶府以讲礼乐于其中，其风俗固已华靡；士大夫又从而治园囿台榭以乐其生于干戈之余，上下宴安，而钱塘为乐国矣。”⑯

针对这种情况，辛弃疾认为，应当节省浮费，把人力物力集中使用于抗战，把理财办法来一番革新。首先，他主张必须“惜费用”，为国家节约不必要的开支。“富

国之术，不在乎聚敛而在惜费，苟从其可以惜者而惜之，则国不胜富矣。”（《九议·其七》）这就是说，节约开支是为国家积累财富的重要途径。哪些费用是“浮费”？他认为一切与恢复之事无关的费用都是“浮费”，如“恩泽赏给”、“岁币郊祀”，一言以蔽之，“非有恢复之万一而费之，则费为可惜矣”（《九议·其七》）。这里虽未明确提出治园囿台榭为可惜之费，但其与恢复之事无关则无疑，自然当在撙节之列。

其次，他主张“宽民力”。抗金战争的费用必取之于民。而这场战争是正义的进步的，得到人民拥护的，人民必积极供应战争的费用。由于战争的长期性，朝廷不可滥用民力。他说：

> 可以息民者息之，可以予民者予之。盖恢复大事也，能一战而胜乎，其亦旷日持久而后决也。旷日持久之费，缓急必取之民，凡民所以供吾缓急、财尽而不怨、怨甚而不变者，以其素抚养者厚也。古之人君，外倾其敌，内厚其民，其本末先后未有不如此者。不然，事方集而财已竭，财已竭而民不堪，虽有成功而不敢继也。
>
> ——《九议·其七》

辛弃疾提出的这些新的理财办法，与北宋王安石在变法期间推行的整理财政的措施是一致的，是其战备思想中

的重要组成部分。

克敌制胜的战略战术

“战争的规律——这是任何指导战争的人不能不研究和不能不解决的问题。”⑰辛弃疾十分注意探索战争的规律。他在前人的进步军事理论的基础上，总结了战争实践中，特别是抗金战争中的经验教训，揭示了用兵作战中一些规律性的东西，提出了一套符合当时抗金战争特点的作战指导原则和克敌制胜的战略战术，具有朴素的唯物辩证思想。

辛弃疾对于战争形势的分析，对于恢复大计的规划，都是探索战争规律的结晶，此处不复赘述。这里要分析的是他对战略战术的论述。

他认为，抗金战争必须注意三件事。其一，在战略上应是持久战，而不是速决战。他在批判了“欲终世而讳兵”的投降论调之后，接着又批判了“明日而亟斗”的速胜论。“明日而亟斗，非真能斗也，其实则恫疑虚喝，反顾其后而不敢进。”（《九议·其二》）他引述历史上“越之谋吴”，“燕之谋齐”，以及抗金战争中的“符离之役”，说明了“疾之期年而无功，与迟之数年而决胜，利害相万”的道理，最后得出了抗金战争“无欲速”的结论。

这种主张是符合当时的客观实际的。在投降派的长

期统治下，军心民气受到严重挫伤，自秦桧持权，抗战志士“斥死南方”，“天下之气惰矣”。长期的苟安局面，使人们“不知兵戈之为何事”。从经济力量来说，由于投降主义集团的恣意挥霍，也是“国势日以困竭”，“府库之财，不足以支一旦之用”⑱。所以，当时的抗战派人士一般都建议朝廷积极备战，等待时机，而不主张过早地发动大规模的北伐。这其中的道理，陈亮有一段话说得很明确：“今丑虏之植根既久，不可以一举而遂灭；国家之大势未张，不可以一朝而大举。而人情皆便于通和者，劝陛下积财养兵以待时也。”⑲辛弃疾“无欲速”的主张，正是这种舆论的一部分。

其二，辛弃疾主张，抗金战争应“审先后”、“能任败”。这就是说，应当对战争有一个全面的规划和安排，并且不因小胜小败随便更改这个规划。他认为，“知所先后则胜，否则败。”“能任败”就必须能“忍”；“不能忍则不足以任败”、“不任败”，是不能成就恢复大业（《九议·其二》）。

辛弃疾注重调查研究，强调知彼知己。在战争中，调查研究，知彼知己，是指挥正确、夺取胜利的先决条件。毛泽东同志指出：“指挥员正确的部署来源于正确的决心，正确的决心来源于正确的判断，正确的判断来源于周到的和必要的侦察以及对于各种侦察材料的连贯起来的思索。”⑳辛弃疾认为，“凡战之道，当先取彼己之长

短而论之”，只有这样，才能做到“知彼知己，百战不殆”（《九议·其三》）。

根据这一原则，他对宋金双方的长短作了比较分析。南宋“土地不如虏之广，士马不如虏之强，钱谷不如虏之富，赏罚号令不如虏之严”，这些都是女真贵族的长处，南宋的短处。然而，女真贵族所进行的战争不得人心，一旦打起仗来，中原之民必然奋起响应。女真贵族后方太远，兵员调动极为不便，“吾之出兵也在一月之内，彼之召兵也在一岁之外，兵未至而吾已战矣”。女真贵族的巨额战费，来源于对人民的强取豪夺，必然引起人们的激烈反抗，致使“天下大乱”。女真贵族军队逾淮南犯，“不过虏吾民、墟吾城、食尽而去耳”；而南宋军队逾淮而北，人民可以背着婴儿而来，使城池的防守有若金汤之固，以“断其手足，病其腹心”。这些是南宋的长处，女真贵族的短处。显然，对彼己之长短的论述，仍然是着重于人心向背的分析。他认为这种“逆顺之势”是不可更易的。所以，从形式上说，是“小谋大，寡遇众，弱击强”；但从情理上来说，“其大可裂也，其众可蹶也，其强可折也”（《九议·其三》）。

辛弃疾在理论上是这样主张，在实践上也是这样做的。他对敌情经常进行调查研究，时刻准备着有朝一日，能够率兵北伐。他进行调查研究，掌握敌情的主要途径是：一方面，通过南宋政府派往金朝去做外交使节的某

些人，了解金朝当时的政治、经济和军事方面的情况。另一方面，他经常向敌方派遣间谍，进行侦察。辛弃疾很重视这项工作。他认为，“谍者，师之耳目也，兵之胜负与夫国之安危悉系焉”。他不满意南宋官吏在派遣间谍方面吝惜费用，他认为这样得不到可靠而有价值的情报。辛弃疾的办法是，出重赏，同时派出许多人，侦察敌人兵骑之数，屯戍地点，将帅姓名。对侦察得来的情报，他并不盲目轻信，而是“必钩之以旁证，使不得而欺”[21]。然后，他把经过互相印证，准确而有价值的情报，绘在面积很小的锦绢上，以便于保密和保存。这样，辛弃疾就经常而及时地掌握敌人的动态了。

在明确彼己之长短的基础上，辛弃疾主张采取“攻其无备，出其不意”的战术。采取这一战术的具体办法“莫若骄之，不能骄则劳之”。何谓“骄之”？他认为就是用自卑的言辞和厚重的岁币，造成一种屈从于金人的假象，来麻痹敌人，使之骄傲自满，思想懈怠，放松打仗的准备（《九议·其四》）。

至于“劳之”，他说，骄之不成，便公开宣布绝岁币，准备交战，使之处于紧张状态，劳顿不堪，我则以逸待劳，战而胜之（《九议·其四》）“兵以诈立”[22]。辛弃疾认为，这种“彼缓则我急，彼急则我缓”的战术，是“必胜之道也”。正如古代兵书上所说：“……卑而骄之，佚而劳之，亲而离之。攻其无备，出其不意。此兵家不

胜，不可先传也。”㉓

为了配合北伐战争，辛弃疾又主张把战场扩大到敌人后方，派人打入敌人内部，利用敌人的矛盾，开展“阴谋”工作。他说：“善为兵者阴谋。阴谋之守坚于城，阴谋之攻惨于兵。”他认为，“上则攻其腹心之大臣，下则间其州府之兵卒，使之内变外乱”（《九议·其五》），是当时最重要的“阴谋”工作。

如前所述，敌人内部矛盾重重，存在着“攻其腹心之大臣”的客观条件。“虏情猜忌，果于诛杀，其朝廷之上，将相则华夷并用而不相安，兄弟则嫡庶交争而不相下。”（《九议·其五》）然而，应怎样开展这项工作呢？他进一步具体论述：

> 今之归明人中，其能通夷言、习夷书者甚多，可啖以利，务得其心，然后精择上间，先至其廷，多与之金，结其酋贵，竢得其用事之主名，孰为贤，孰为党；用事则多怨，又知其怨者。俟得其情，然后诈为夷狄书画，若与其党交结为反者状，遗之怨家，事必上闻。嫡庶之间亦必有党，将令其争，又复如此。必将党与交攻、大为杀戮而后已，如是而其国大乱矣。
>
> ——《九议·其五》

充分利用金统治集团内部固有的矛盾，极力扩大其矛盾，

使其互相残杀，内部大乱，南宋便可以坐收渔人之利。

同样，在女真贵族军队中，也存在着“间其州府之兵卒”的可能性。“中原州郡类以夷狄守之，故其卒伍之长甚贵而用事，然其心亦甚怨而不平。”在这种情况下，只要做一些策反工作，便可奏效：

> 若威声以动之，神怪以诳之，重赏以饵之，若是而未有不变者。彼变则拥兵而起，据城而守，兵一变而陷一城，陷一城而难千里。
>
> ——《九议·其五》

辛弃疾认为，“计无大于此二者”。为了落实这两项“阴谋”工作，他主张“择沈鸷有谋、厚重不泄之人，付以沿边州郡，假以岁月，安坐图之，虏人之变可立以待，”他批评“不知重此，而太守数易、才否并置”（《九议·其五》）。从当时抗金斗争形势来看，辛弃疾的主张和批评是很有道理的。

辛弃疾所论述的战略战术的种种问题，古代的许多进步军事家也曾论及。但他的论述能够密切联系抗金战争的实际，所以，能够深入浅出，具有强烈的现实性。

在南宋民族矛盾上升为主要矛盾的历史条件下，辛弃疾抗战的思想与战略战术，体现了广大人民的愿望与要求，顺应了历史发展的方向，也显示出辛弃疾非凡的军事才能。如果按照他对抗金战争的规划去实施，驱逐

女真贵族，收复失地是完全可能的。但是，处在投降派统治下，他的抱负与才能连“小试”的机会也没有。对于这种不合理的状况，陆游在给辛弃疾的送行诗中已经表示了愤慨与不满。陈亮则更斥责为“真鼠枉用，真虎可以不用”㉔。南宋政府重用的竟是一些胆小无能的鼠辈，而辛弃疾这样的“真虎”却都闲置起来，这是多么辛辣的讽刺！

① 朱熹语。见谢枋得《祭辛稼轩先生墓记》。

② 崔敦礼《官教集·代严子文滁州奠枕楼记》。

③ 见洪迈《稼轩记》。

④《宋史·辛弃疾传》。

⑤《稼轩词》序。

⑥《沁园春》。

⑦ 刘后村《辛稼轩集序》。

⑧《宋论》卷十一。

⑨《看镜有感》，《鲁迅全集》第一卷。

⑩《上孝宗皇帝第一书》。

⑪ 见《渭南文集·上二府论都邑札子》。

⑫《孙膑兵法·延气》。

⑬《商君书·赏刑》。

⑭《梦粱录》十九。

⑮ 周密《武林旧事》(四)。

⑯《上孝宗皇帝第一书》。

⑰《中国革命战争的战略问题》,《毛泽东选集》第一卷。

⑱ 陈亮《上孝宗皇帝第一书》。

⑲《上孝宗皇帝第一书》。

⑳《中国革命战争的战略问题》,《毛泽东选集》第一卷。

㉑ 程珌《丙子轮对札子》。

㉒《孙子兵法·军争》。

㉓《孙子兵法·计篇》。

㉔《辛稼轩画像赞》。

四、滁州稍展其才

南渡之后，辛弃疾原是怀着在抗金斗争中为国建功立业的强烈愿望的。但是，绍兴三十二年（1162）南渡初期的十年间，他始终没有得到这样的机会。

十年来，南宋朝廷曾命他任江阴签判、建康通判和司农寺主簿。这些职务，或做人陪衬，沉滞下僚；或管钱管粮，与军国大计相去甚远。自然，他的雄才大略是无法施展，雄心壮志是无法实现的。所以，在建康通判任内，面对“虎踞龙盘何处是？只有兴亡满目”的建康城，他发出了“我来吊古，上危楼，赢得闲愁千斛”（《念奴娇·登建康赏心亭，呈史留守致道》）的感慨，流露了他为国事忧心如焚的情怀。

乾道八年（1172）春天，辛弃疾被解除

了司农寺主簿，改知滁州。这在他看来，一展其才，稍遂其志的机会到了。事实也正如此，在滁州知州任内，他那抗战的方略大计才得到了初步的实施。

滁州的地理位置，决定了它特殊重要的战略地位。早在乾道元年（1165），他就指出：“夫守江而丧淮，吴、陈、南唐之事可见也。”（《美芹十论·守淮》）乾道六年（1170），辛弃疾被召对延和殿时，再次当面向宋孝宗论奏两淮在抗金战争中的重要战略意义，明确提出了“自古南北分离之际，盖未有无淮而能保江者”（《论阻江为险须藉两淮疏》）的观点。他认为，两淮地广，绵延千里，形势如同张弓。如果敌人南下，向东可取扬州、楚州，向西可占和州、庐州；南宋军队不能从中间切断，他们就会东西往来，如走弦上，道路径直，畅通无阻。如果南宋军队从中拦腰砍断，那么敌人就会陷于被动，淮东之兵不能救淮西，淮西之兵亦不能应淮东。接着他借用常山之蛇的典故，说明淮东好比蛇首，淮西如同蛇尾，淮之中则为蛇身，击其首则尾应，击其尾则首应，击其身则首尾俱应，如断其身则首尾不能救是很明显的。滁州地处“两淮之间”，正可把两淮加以分割，使敌人不敢轻易南进。所以，滁州历来是“用兵者之所必争”①之地。

作为抗金斗争前哨阵地的滁州，在当时经常受到女真贵族统治者的袭扰和破坏。“往时虏人南寇，两淮人民

常望风奔走，流离道路，无所归宿，饥寒困苦，不兵而死者十之四五”（《议练民兵守淮疏》），致使无人耕作，农田荒芜。其中滁州则“蒙祸最酷”。战祸之外，滁州的自然条件也是很差的。“地僻而贫”，天灾接连不断，“水旱相乘凡四载”②。战祸的频仍，天灾的迭至，使滁州的生产破坏，经济萧条，城垣残破，人民流亡他乡。对于这样一个地方，南宋的投降主义集团早已把它看成“边陲”之地，不予关心重视了。正如陆游斥责的：“穷边指淮淝，异域视京洛。”③

所以，南宋的官吏一般都把到滁州任职视为畏途，把它看成一桩很不如意的差事。他们虽到任，却并不尽职。他们贪生怕死，根本不管滁州的战略地位的重要，更无心于改变这种残破的局面。因此，辛弃疾的前任们给他留下的是一个破烂不堪的摊子。当时滁州的人民“方苦于饥，商旅不行，市物翔贵；民之居茅竹相比，每大风作，惴惴然不自安”④。这的确是令人却步的一种场面。对事业认真负责的辛弃疾到任之日，立刻巡视城郭，看到的是一片“荡然成墟，其民编茅藉苇，寄于瓦砾之场，庐宿不修，行者露盖，市无鸡豚，晨夕之需无得”⑤的荒凉景象。由于辛弃疾对滁州的战略意义深有理解，所以，他虽面对一片民生凋敝的景象，但还是毫不踌躇地决心要通过自己的努力工作，使之复兴起来，巩固这个前哨阵地。于是，他“早夜以思，求所以为安辑之

计”⑥。

怎样才能使滁州复兴起来呢?

按照他在《美芹十论》和《议练民兵守淮疏》中的主张，辛弃疾到滁州后，采取了一系列措施，发展生产，繁荣经济，使当地人民各安其业，招抚流亡之民各归其乡，重整家园，从事生产。

南宋政府对人民的搜刮，决不因连年战争的破坏和水旱灾害的袭击而有所减轻。在天灾战祸的年头，不论怎样减产，滁州人民负担的租赋却仍如常年，致使人民积欠的租赋愈来愈多。辛弃疾了解到这种情况，便奏请朝廷，批准免除了当地人民多年来积欠的国家税款五百八十多万，减轻了人民（尤其是农民）的负担，使其安心生产。滁州人民“勤于治生”，“力田之外无复外慕，故比他郡为易治”。⑦减轻了当地人民的租税负担，固然可以安定人心，促进生产的发展，但辛弃疾认为这还不够。由于战乱和“水旱相乘凡四载”，人口大量外流，“民之复业者十室而四”⑧，劳动力显然是不敷使用的。因此，他便采取种种措施，吸引流亡外地的农民回滁进行农业生产。对于返乡农民，他“陶瓦伐木，贷民以钱，使新其屋”⑨，为其创造安居的条件。至于从北方敌占区逃至淮南的“归正”之人，他则按照在前的一贯主张，“家给百亩”，发给“室庐、器具、粮种”，实行亦兵亦农、兵农结合的屯田制度。这不仅恢复和发展了生产，

而且组建了一支民兵武装，使这块荒凉残破、人烟稀少的“边陲”之地，重新恢复了它的生机。

滁州“郡之酤肆”，“颓废不治，市区寂然”⑩。这种情况，无疑是辛弃疾要坚决改变的。他采取奖励经商，繁荣经济的政策：“凡商旅之过其郡，有输于官，令减旧之十七”。另一方面，他又为商贩来滁经商提供各种方便，创造必要的条件。他“以公之余钱，取材于西南山，役州之闲民，创客邸于其市，以待四方之以事至者”⑪。这大大地促进了商业经济的活跃与发展，“市区寂然”的局面大为改观。

辛弃疾复兴滁州的工作是多方面的。为了给“无以为乐”的滁州人民创造娱乐的条件，他特建奠枕楼。楼落成时，他和当地人民共同庆祝，并登楼举酒，对他们说：“今疆事清理，年谷顺成，连甍比屋之民各复其业，吾与父老登楼以娱乐，东望瓦梁、清流关，山川增气，郁乎葱葱，前瞻丰山，玩林壑之美，想醉翁之遗风，岂不休哉。”⑫说明他是怀着极大的兴趣和喜悦心情，从事这项工程的。

奠枕楼建成之初，辛弃疾有一次与友人李清宇同游，兴之所至，写了一首《声声慢》，对这座楼做了这样的描绘：

征埃成阵，行客相逢，都道幻出层楼。指点檐牙高处，浪涌云浮。今年太平万里，罢长淮，千骑临秋。凭栏望：有东南佳气，西北神州。

千古怀嵩人去，还笑我，身在楚尾吴头。看取弓刀陌上，车马如流。从今赏心乐事，剩安排酒令诗筹。华胥梦，愿年年人似旧游。

辛弃疾登高望远，不禁想起了那沦于敌手的“西北神州”！辛弃疾是如此，一切抗战的人民登临奠枕楼又何尝不做如此感想呢？这就可见他建造这座楼并不仅仅出于对人民娱乐生活的关怀，而是还有其更深的用意，那就是触发人们的民族意识，激励人们抗战的斗志。

辛弃疾的苦心经营，终于换来了美好的成果。经他半年的精心治理，滁州很快复兴起来。乾道八年（1172）夏天，小麦大熟，获得丰收，人民生活有了着落；各地商贩纷纷向滁州集中和迁徙，来滁经商；政府的税收成倍地增加，财政充裕；流亡他乡的人民陆续回到滁州，从事生产；一支平时能生产，战时能打仗的民兵队伍，已组织起来，开始进行训练。原先满目疮痍、残破不堪的滁州，如今生机盎然，“面城邑之清明，俯闾阎之繁伙，荒陆之气一洗而空矣”⑬。

辛弃疾南渡后，一直注视着敌人的“消长之势”，注意侦察敌人的动态。他那著名的论著《美芹十论》和

《九议》正是在调查研究的基础上写成的。在滁州任上，他又根据侦得的情报发现，女真贵族间的矛盾已日益剧烈，统治阶级也日趋腐化，逐渐从它的鼎盛时期跌落下来。在其北部的蒙古贵族政权已经兴起，并迅速发展强大起来。这个贵族政权也是极富掠夺性的，不断袭扰金政权，对金形成了严重威胁。这一情况，引起了辛弃疾的关注和警惕，他怀着忧虑的心情指出："仇虏六十年必亡，虏亡则中国之忧方大。"⑭历史证明，辛弃疾的分析估计是准确而有远见的。宋理宗绍定六年（1233），金政权被蒙、宋联军所灭亡。金亡以后，蒙古奴主的锋芒，便转向其同盟者南宋。不久，南宋也很快被灭亡了。南宋妥协投降集团对辛弃疾很有预见性的警告却置若罔闻，漠然视之。后来，他的同乡周密在记载这件事时，发出了"惜乎斯人之不用于乱世"⑮的慨叹和惋惜。

在南渡后的漫长经历中，滁州的半年，辛弃疾只是稍展其才，即在南宋的政治舞台上初露头角。

① 周信道《铅刀编·滁州奠枕楼记》。

② 周信道《铅刀编·滁州奠枕楼记》。

③《醉歌》。

④ 周信道《铅刀编·滁州奠枕楼记》。

⑤ 崔敦礼《官教集·代严子文滁州奠枕楼记》。

⑥ 崔敦礼《官教集·代严子文滁州奠枕楼记》。

⑦ 周信道《铅刀编·滁州奠枕楼记》。

⑧ 周信道《铅刀编·滁州奠枕楼记》。

⑨ 周信道《铅刀编·滁州奠枕楼记》。

⑩ 崔敦礼《宫教集·代严子文滁州奠枕楼记》。

⑪ 周信道《铅刀编·滁州奠枕楼记》。

⑫ 崔敦礼《宫教集·代严子文滁州奠枕楼记》。

⑬ 崔敦礼《宫教集·代严子文滁州奠枕楼记》。

⑭ 周密《浩然斋意抄·镇江策问》。

⑮ 周密《浩然斋意抄·镇江策问》。

五、江西“讨捕茶寇”

南宋偏安局面的形成，朝廷的财源大大减少，开支（巨额的军费、岁币和统治阶级挥霍费用）却大幅度的上升。于是，统治阶级便加紧了对人民的政治压迫和经济剥削，人民的经济负担急剧增加。其直接结果，就是更加广泛的人民起义事件迭次发生。即使经济地位不算最坏的茶商，也不堪忍受政府的残酷剥削而起义反抗了。

茶课的收入是南宋政府的重要财源之一，因而对茶叶贸易实行严格控制。规定茶叶为专卖品，实行“茶引法”，让商人赴官算请茶引（券），就园户市茶。统治阶级为了解决其财政的困窘，往往不断加重茶税，茶价也随之提高。人们不满茶价昂贵，便产生了一种贩运私茶的行业。私贩商直接向茶农大量收

购，不纳茶税，以大大低于正式茶商的售价卖给各地用户，从中赚取利润。后来，南宋政府为了制止私贩活动，于各关卡要隘设岗巡查。私商们为了对付政府的查禁，则成群结伙，携带武器，进行武装贩运。南宋政府只得严格规定一条禁令："凡结徒持杖贩易私茶，遇官司擒捕抵拒者，皆死。"这样，茶贩们就多千百成群，结队持杖，与官军抵抗，"稍诘之，则起而为盗"①。从此，便产生了"茶寇"。

早在高宗绍兴末年和孝宗淳熙初年便出现了所谓"茶寇"的活动时期。"茶寇"活动的中心地区是出茶最多、走私便利的两湖和江西。绍兴二十四年（1154），"鼎、沣茶寇猖獗，杀伤谭、鼎巡检官，焚溆浦县"②，绍兴二十九年（1159），"瑞昌、兴国之间，茶商失业，聚为盗贼"③。为了镇压"茶寇"，南宋政府曾在江州和荆南府派驻了军队。

"茶寇"活动到孝宗时达到高潮。影响最大的首推赖文政领导的茶商军。

淳熙二年（1175）四月，有一部分茶商在湖北南部起义，共推荆南茶商赖文政为首领，人数只有四百来人。他们起义后到处得到人民的支持与帮助，"奸氓利贼所得，反以官军动静告贼，故彼设伏而我不知，我设伏则彼引避"④，所以能冲破官军的堵截，从湖北入湖南，转入江西，进军广东，一路击败官军近万人，将尉死者数

十人。在广东遇到了当地“摧锋军”的截击，茶商军被打败。于是，又折回江西，辗转于安福、永新和萍乡等县，出没于吉州永新县界禾山和高峰山中，屡败当地驻军。

赖文政领导的茶商军沉重地打击了腐朽的南宋朝廷。南宋政府命江州都统皇甫倜去招安，没有成功；又命鄂州都统李川调兵讨捕，也告失败。后又被迫派遣了明州观察使江南西路兵马总管贾和仲率领上万兵马前来征讨。由于贾和仲轻敌冒进，“暮夜驱迫将士入山，反为所覆，不可复用”⑤，被茶商军打得大败。结果，贾和仲被撤职，几乎处死。他的上司江西安抚使汪大猷也因“玩寇”⑥，而受到降级处罚。四百来人的茶商军委实成了南宋政府的心头之患了。

怎样镇压茶商军？由谁来负责征讨茶商军的指挥呢？南宋政府是颇费踌躇的。经反复研究，宋孝宗“用叶衡之荐”⑦，决定起用正在做仓部郎官的辛弃疾。这时，叶衡已入朝为相，他十分赏识辛弃疾，并在淳熙元年(1174)曾力荐辛弃疾慷慨有大略。他因而受到孝宗召见，并由此迁仓部郎官。南宋政府认为这是理想的人选。次年六月十二日，便宣布任命辛弃疾为江西提点刑狱，要他“节制诸军，讨捕茶寇”⑧。

辛弃疾接受了这项任命，于这年七月离开临安，到江西赴任。到任后，他随即开始了讨捕茶商军的工作。

首先，他把赣州、吉州和湖南郴州（今郴县）桂阳军（今桂阳县）等地的乡兵弓手加以整顿组织，“令统领拣人，要一可当十者”⑨，而对老弱加以淘汰。然后，把经过整顿挑选的弓手派到各阵地，“或扼贼要冲”，不使逃逸；“或驰逐山谷间”⑩，进行收捕。此外，又命荆州、鄂州之师，乘起义军疲惫，尾追于后，相机截击。在辛弃疾这样周密的军事布置下，使茶商军日益陷入了非常困难的境地。在此基础上，辛弃疾便开始了招诱工作。他于九月间选派兴国县尉黄倬到茶商军的军营中，劝说赖文政接受朝廷的招安。赖文政感到四面楚歌，前途无望，也就只好到辛弃疾那里去投降了。接着，辛弃疾把赖文政押解到江州杀掉了。其余起义军则为江州都统制皇甫倜招降，被强迫编入官军队伍。从此，使南宋政府为之震惊不已的茶商军被镇压下去了。辛弃疾因镇压茶商军有功，南宋政府依据宋孝宗的旨意，在江西提点刑狱之外，又给他加上了一个职名：秘阁修撰。

辛弃疾早年参加农民起义军，与人民群众一起同生活，共战斗，思想感情有一定的联系；南渡后又一直坚持有利于人民的抗战主张，在地主阶级知识分子中的确是难能可贵的。但即使如此，他也不可能摆脱封建地主阶级的偏见。当茶商起义的斗争危及封建制度时，他便毫不犹豫地予以镇压。尽管他知道人民由于“嗷嗷困苦之状”是“贪浊之吏迫使为盗”，也不主张用大兵剿除或

扫荡的办法，对付被迫为“盗”的百姓，但维护封建制度的根本目的，使他还是采取了自己不主张用的办法。尤其招安赖文政，而后又杀掉赖文政，更为道义所不容。所以，人民抗金义军参加者的辛弃疾和人民起义镇压者的辛弃疾，这一身而二任的矛盾，便都统一在维护封建统治这一根本利益上。镇压茶商起义，生动地说明了地主阶级知识分子辛弃疾的阶级局限性。

①《建炎以来朝野杂记》甲集卷十四。

②《建炎以来系年要录》卷一六六。

③《建炎以来系年要录》卷一八一。

④ 周必大《奏议》卷五，《论平茶贼利害》。

⑤《攻媿集》卷八十八，《敷文阁学士宣奉大夫致仕赠特进汪公行状》。

⑥《宋会要·捕贼》。

⑦《续资治通鉴》卷一四四。

⑧《宋史·孝宗本纪》。

⑨《朱子语类·论兵刑》。

⑩ 周必大《平园续稿·孙逢辰墓志铭》。

六、湖南大有作为

淳熙四年（1177），辛弃疾差知江陵府兼湖北安抚使。五年，出为湖北转运副使。六年春天，辛弃疾由湖北转运副使改任湖南转运副使。同年秋，改知潭州（今湖南长沙市），兼湖南安抚使。他在湖南任职两年，无惮豪强，任事果决，雷厉风行，取得了斐然的政绩，是他南渡以来大有作为的两年。

一道忧国忧民的奏章

辛弃疾到湖南任职之前，湖南曾连续发生了数起农民起义事件。乾道元年（1165）春有李金起义，乾道三年（1167）有姚明敖起义，淳熙二年（1175）夏有赖文政起义，淳熙五年（1179）正月有陈峒起义。同年五月，也就是他到任之初，又发生了李接、陈

子明起义。这些起义虽都时间不长，但他们“皆能攘臂一呼，聚众千百，杀掠吏民，死且不顾”，往往需“大兵翦灭而后已”（《论盗贼札子》)。其中，尤以李金起义规模最大，发展到“众数万人”①。

起义事件的日益频繁，说明统治阶级对人民政治压迫和经济剥削的加重，说明阶级矛盾的加剧。南宋朝廷偏安东南，生活骄奢淫逸，挥霍无度，又有巨额军费和纳金岁币，均需取之于民。本来朝廷加在人民身上的赋役已沉重难负，无奈地方官吏又层层加码，敲骨吸髓，使人民实难活命。于是，官逼民反，势所必然。因此，那些起义事件，实际是南宋阶级斗争激化的具体表现。

这一情况，引起了刚赴任湖南的辛弃疾的注意。到任后，他首先着手调查了解社会情况，分析不断爆发起义事件的原因。然后，根据调查和分析，写出了《论盗贼劄子》，上呈宋孝宗。

这是一道忧国复忧民的奏章，体现了他对民间疾苦的关注，对国家前途的忧虑。

它开首即列举近年来在湖南发生的武装暴动。接着，引用唐太宗的话：

民之所以为盗者，由赋繁役重，官吏贪求，饥寒切身，故不暇顾廉耻耳。当轻徭薄赋，选用廉吏，使民衣食有余则自不为盗，安用重法耶。

唐太宗是初唐很有作为的君主，在位期间，采取了一些减轻农民负担、缓和阶级矛盾的措施，给农民以休养生息的机会，注意保护生产力，为后世进步的地主阶级政治家尊奉为圣君。唐太宗的话揭示了“官逼民反”的道理，指出对人民只能“轻徭薄赋”，使其“衣食有余”，方不为“盗”。这代表了辛弃疾对问题的全部看法，也是他论述问题的纲。

辛弃疾从他对湖南“百姓遮道自言嗷嗷困苦之状”的社会民情的调查了解，认为他们有苦无处诉，“不去为盗将安之乎”？基于对农民暴动原因的这种认识，他继即历数湖南官吏横征暴敛的种种罪恶事实：

> 陛下不许多取百姓斗面米，今有一岁所取反数倍于前者，陛下不许将百姓租米折纳见钱，今有一石折纳至三倍者；并耗言之，横敛可知。陛下不许科罚人户钱贯，今则有旬日之间追二三千户而科罚者，又有已纳足租税而复科纳者，有已纳足、复纳足、又诬以违限而科罚者；有违法科卖醋钱、写状纸、由子、户帖之属，其钱不可胜计者。军兴之际，又有非军行处所，公然分上中下户而科钱、每都保至数百千；有以贱价抑买、贵价抑卖百姓之物，使之破荡家业、自缢而死者；有二三月间便催夏税钱者。其他暴征苛敛，不可

胜数。

然此特官府聚敛之弊尔。流弊之极，又有甚者。

州以趣办财赋为急，县有残民害物之政而州不敢问；县以并缘科敛为急，吏有残民害物之状而县不敢问；吏以取乞货赂为急，豪民大姓有残民害物之罪而吏不敢问。故田野之民，郡以聚敛害之，县以科率害之，吏以取乞害之，豪民大姓以兼并害之，而又盗贼以剽杀攘夺害之，臣以谓“不去为盗，将安之乎”，正谓是耳。

辛弃疾虽是南宋统治阶级中的一分子，但却能挺身而出，为被压迫被剥削的老百姓发出不平之鸣，对残害人民的大地主、大官僚提出控诉，淋漓尽致地揭露他们的罪行，这体现了他改革政治的愿望与要求。当然，辛弃疾观察问题的立场观点，仍难脱地主阶级的窠臼，在揭露弊政时，还不忘为最高封建统治者皇帝唱颂歌。好像迫使人民为“盗”的，仅仅是那些贪官污吏、豪绅地主，而不是封建制度的罪恶。这明显地表现出封建地主阶级知识分子的烙印。正如列宁所指出的俄国作家托尔斯泰那样，他“一方面，无情地批判了资本主义的剥削，揭露了政府的暴虐以及法庭和国家管理机关的滑稽剧，暴露了财富的增加和文明的成就同工人群众的穷困、野

蛮和痛苦的加剧之间的极其深刻的矛盾；另一方面，狂信地鼓吹‘不用暴力抵抗邪恶’”②。所以，他虽对人民表示同情，但当宋孝宗下诏令其“节制诸军，讨捕茶寇”③时，他又对茶商起义采取了坚决镇压的措施。

对于被迫为“盗”的人民，辛弃疾反对用武装剿除，而主张讲求“弭盗之术”。他说：

> 民者国之根本，而贪浊之吏迫使为盗，今年剿除，明年扫荡，譬之木焉，日刻月削，不损则折，臣不胜忧国之心，实有私忧过计者，欲望陛下深思致盗之由，讲求弭盗之术，无恃其有平盗之兵也。

辛弃疾的忧国忧民之心是何等鲜明！忧民，是因为忧国；忧国则必忧民，二者互为因果。这与他的反对民族投降主义的主战思想是密切联系在一起的。他曾说：“守城必以兵，养兵必以民，使万人为兵，立于城上，闭门拒守，财用之所资给，衣食之所办具，其下非有万家不能供也。”（《议练民兵守淮疏》）无民，如何进行民族战争？所以，他建议宋孝宗很好地考虑老百姓为“盗”的原因，讲求“弭盗之术”。

辛弃疾理想的“弭盗之术”是什么样子呢？他认为，不仅不能用“平盗之兵”对付被迫为“盗”的老百姓，恰恰相反，应当严厉惩治迫使人民为“盗”的贪官污吏：

> 自今贪浊之吏，臣当不畏强御，次第按奏，以竢明宪，庶几荒遐远徼民得更生，盗贼衰息，以助成朝廷胜残去杀之治。

同是要消弭“盗贼”，但手段不同，效果各异。反动的封建统治者动辄剿除、扫荡，进行武装镇压，使国力削弱；辛弃疾作为统治阶级中的开明派，则从人民致“盗”的原因，主张打击贪官污吏，修明政治，缓和阶级矛盾，使国家强盛。这样一来，辛弃疾必然要招致贪浊之吏、豪强地主的反对：

> 臣生平则刚拙自信，年来不为众人所容，顾恐言未脱口而祸不旋踵，……

他在“自湖北漕移湖南”时写的《摸鱼儿》已透露了这种“孤危”处境。然而，辛弃疾改革政治的态度是坚决的。面对贪官污吏的反对，他即使感到“孤危一身久矣”，也仍表示“杀身不顾”，坚决推行他的政治主张。为此，他感谢宋孝宗给他“按察之权”、“澄清之任”，使他得到应有的支持与权力。

南宋政府慑于人民的反抗，同意了辛弃疾的主张。宋孝宗在批答辛弃疾奏章的手诏中指示：“行其所知，无惮豪强之吏。”同时，改任辛弃疾为潭州知州兼湖南安抚使，全面掌管湖南一路的政治军事。

为民革弊兴利

改任湖南安抚使的辛弃疾，站在中小地主阶级立场上，尽心尽力地实践了自己在《论盗贼札子》中提出的政治主张，做了一些有利于老百姓的革弊兴利的事情。

辛弃疾利用南宋政府授予他的权力，对于贪官污吏，该罢的就罢，该杀的就杀，毫不容情。当时的桂阳军赵善珏因“昏浊庸鄙，窠占军伍，散失军器，百姓租赋科折银两盈余入己④，就被辛弃疾不客气地劾奏放罢了。后来，南宋政府的言官弹劾他，弹章中有“杀人如草芥”⑤的罪款，加之他在《论盗贼札子》中透露的“孤危”处境和甘冒“杀身”之祸的决心，都说明他是果断地杀过一些贪官污吏的。

为了打击和限制豪强地主势力，辛弃疾坚决整顿了他们欺压百姓的武装力量“乡社”。关于湖南的“乡社”，历史上有这样的记载：

> 湖南乡社者，旧有之，领于乡之豪酋，或曰“弹压”，或曰“缉捕”，大者所统数百家，小者所统三二百。自长沙以及连、道、英、韶，而郴、桂、宜章尤盛。
>
> ——《建炎以来朝野杂记》甲集卷十八，《湖南乡社》

这是湖南各地普遍存在的地主武装。由“弹压”，“缉捕”的名称来看，说明它是土豪劣绅用来欺压老百姓的一种机构。这种“乡社”不仅对下残害百姓，还经常与南宋政府闹独立，抗拒南宋政府的命令，甚至公开反对南宋政府，与其分庭抗礼。它们有如唐朝的藩镇，豪酋们有如封建社会初期的诸侯王，成为大大小小的许多独立王国，是南宋政府贯彻其政令的很大障碍。因此，到湖南做地方官的许多人曾提出整顿和解散乡社的意见：

> 乾道七年（1171）春，知衡州王琰者，言湖南八郡，三丁取一，可得民兵万五千人，帅臣沈德和不可，乃止。淳熙七年（1180）春，言者奏乡社之扰，请尽罢之。
>
> ——同上

这样做当然是彻底的。但是，辛弃疾却没有同意这种意见。为什么呢？他认为，办法彻底固然很好，但更重要的还应看是否切实可行。他有着比同僚更为深入周密的考虑：

> 乡社皆杂处深山穷谷中，其间忠实狡诈，色色有之，但不可一切尽罢。
>
> ——同上

显然，辛弃疾有虑于解散之令行不通，反而会引起豪酋们的反抗，造成不可收拾的局面。于是，他提出应根据

其表现好坏，区别对待，分别作不同处理：

> 今欲择其首领，使大者不过五十家，小者减半，属之巡尉而统之县令，所有兵器，官为印押。
>
> ——同上

南宋政府同意了辛弃疾的意见。经过这样的整顿之后，大大缩小和沉重打击了豪强地主势力，而且明确了隶属关系，置于政府的节制之下，使其不能任意发展和肆意胡行。

在打击和惩治迫使人民为“盗”的贪官污吏、豪强地主的同时，辛弃疾又采取了一系列发展生产、保护生产力的措施。

当辛弃疾到湖南之前，湖南境内的生产力遭到严重破坏，民生凋敝，灾荒不断。淳熙七年（1180）春天，正值湖南农村青黄不接、普遍发生粮荒之时，新任安抚使辛弃疾为了帮助农民度过粮荒，用他的前任大臣聚敛的桩积米赈粜给缺粮严重的永州（今零陵县）、邵州（邵阳县）、郴州（郴县）的农民：

> 淳熙七年二月己亥，出湖南桩积米十万石赈粜永、邵、郴三州。
>
> ——《宋史·孝宗本纪》

> 淳熙七年二月十七日，诏湖南安抚辛弃疾于前守臣王佐所献桩积米内支五万石，应副邵州二

万石、永州三万石赈粜。

——《宋会要·赈贷》

这样的措施对于保护生产力是有利的。他赈济百姓，是为了发展生产，富国强兵。这正是他忧国忧民思想的具体表现。

出于同样的目的，他以官米募工，濬筑陂塘，因而赈给。这样做的好处是，“一则使官米遍及细民，二则兴修水利”⑥。湖南是汉族和少数民族人民杂居的地方。少数民族经济发展缓慢，文化比较落后。针对这种情况，辛弃疾便于淳熙七年（1180）夏天，在峒民比较集中的郴州宜章县、桂阳军临武县设立学校，“以教养峒民子弟”⑦，“使边氓同被文化”⑧，对少数民族的文化发展作出了一定的贡献。湖南的考生揭发有的人与考官勾结，营私舞弊，他就亲自覆阅试卷，纠正谬弊。这有利于出身下层的知识分子取得进身的机会。

辛弃疾在湖南从多方面做了革弊兴利的工作。其基本方针是对人民实行安抚的政策，以便在内部有一个安定的环境，保存民力，集中力量对付女真贵族政权的袭扰。这无疑是符合历史发展需要的。

创建飞虎军

宋代兵制，有所谓禁兵、厢兵、乡兵之别。禁兵厢

兵都由招募而来。禁兵驻扎京师，或分番驻防边疆，其主要作用在巩固国防和拱卫中央；厢兵是地方兵，主要作用在镇压内部人民的反抗；乡兵是豪强地主武装，专事欺压百姓，称霸一方。厢兵大多老弱，地方官吏常加役使，从不教阅（后来禁兵亦复如此），地方有事，并不能起镇压作用。及至南宋，军队纪律更是败坏不堪。工部侍郎沈介上封事给宋高宗，在论备敌之策时，言及当时的军队情况：

今之诸将，岂有长虑深计，国而忘家者耶？运土木以为技巧，岂复使之执兵？操奇赢以行贾，坐市区以谋利，岂复使之习战？缓急有用，驱不素教之兵，付之贪鄙慢令之将，其祸可胜言哉！

——《三朝北盟会编》下帙一二六

这那里还像军队的样子！辛弃疾在给宋孝宗的奏章中也指出其流弊：

军政之弊，统率不一，差出占破，略无已时。军人则利于优闲窠坐，奔走公门，苟图衣食，以故教阅废弛，逃亡者不追，冒名者不举。平居则奸民无所忌惮，缓急则卒伍不堪征行。至调大军，千里讨捕，胜负未决，伤威损重，为害非细。

——《宋史·辛弃疾传》

这样的军队，能够有什么战斗力？但“湖南控带二广，

与溪峒蛮獠接连，草窃间作，岂惟风俗顽悍，抑武备空虚所致”⑨，为了“免致缓急，调发大兵”⑩，更有效地镇压少数民族的反抗，维护社会治安，他奏请南宋政府，建议依照广东摧锋军、荆南神劲军、福建左翼军那样，别创一军，名之曰“湖南飞虎军”，对上隶属南宋政府的枢密院，在下专听湖南安抚使节制调度。宋孝宗批准了他的建议，下诏“委以规划”⑪。

辛弃疾的建议得到批准后，就立即着手各项具体工作，他利用五代时占据湖南的楚王马殷的营垒故基，造起新的营栅、堡垒；招募壮健勇武的步兵二千，马兵五百；买了充足的战马，不仅当时即在广西买马五百匹，又奏请南宋政府下诏广西安抚司每年代买三十匹，以备使用；打造了新的铁甲武器；对军队进行了严格的训练。很快，飞虎军建成，并“雄镇一方，为江上诸军之冠”⑫。在此后的几十年中，飞虎军不仅对内起了治安作用，并且成为长江沿线最重要的一支防御力量，使“北虏颇知畏惮，号虎儿军。”后来，韩侂胄发动开禧北伐时，“盖尝调发”。然因统治阶级的腐朽昏庸，“统御无术，分隶失宜，兵将素不相谙”，竟使飞虎军“枉致剉创”⑬。

在创建飞虎军的过程中，辛弃疾克服了种种困难与阻力，顶住了来自各方面的压力，充分表现了他雷厉风行的作风和超群绝伦的才干与机略。当他的建军奏章上

达南宋朝廷时，统治集团内部就存在着激烈的斗争，“时枢府有不乐之者，数阻挠之”⑭。这种情况，事先已在辛弃疾的意料之中。所以当宋孝宗“委以规划”的诏书下达后，他就立即抓紧把事先定好的建军规划付诸实施了。后来，反对派又在孝宗面前劾奏他“聚敛民财”，并由枢密院降下“御前金字牌”，命令他立即停止飞虎军的创建。对于这样错误的命令，辛弃疾采取了“受而不办”的方针，他把金字牌藏起来，严令工程监办人员，限定一月之内把飞虎军营栅建成，如有违期，军法从事。可是，此时正值雨季，使建造营栅的二十万片瓦无法烧造，给工程带来很大困难。辛弃疾采取果断措施，下令“除掉官舍神祠”，同时，令“所有民屋，每家取瓦二片”，交瓦时皆付瓦价。结果，所需瓦片两天内全部凑足，保证了工程如期完成。营栅落成后，他把收入、支出的账目详加陈列，并“绘图缴进”，证明所谓“聚敛民财”，纯系捏造。辛弃疾做事如此严肃认真，一丝不苟，“上遂释然”⑮。

① 朱熹《晦庵先生文集》卷九七《刘珙行状》。

②《列夫·托尔斯泰是俄国革命的镜子》，《列宁选集》第二卷。

③《宋史·孝宗本纪》。

④《宋会要·职官·黜降官》。

⑤《宋史·辛弃疾传》。

⑥《宋会要·水利》。

⑦《宋史·孝宗本纪》。

⑧《止斋文集·桂阳军乞画一状》。

⑨《宋史·辛弃疾传》。

⑩ 周必大《奏议》卷十，《论步军司差拨将佐潭州飞虎军》。

⑪《宋史·辛弃疾传》。

⑫《宋史·辛弃疾传》。

⑬《历代名臣奏议》卷一八五，《去邪门》。

⑭《宋史·辛弃疾传》。

⑮《宋史·辛弃疾传》。

七、隆兴“任责荒政”

淳熙七年（1180）底，辛弃疾奉调从湖南到江西，任隆兴府（今南昌市）知府兼江南西路安抚使。

这一年，江西发生了严重的旱灾，粮食歉收。入冬以来，民间大饥，粮荒严重，奸商囤积居奇，致使物价飞涨。他的前任张子颜离职前即在举办荒政。南宋政府为什么在江西处于这种关键时刻还要易帅，今已无从知道。但此次调辛弃疾来江西，恐是鉴于他在滁州、湖南表现出的非凡才能和卓越胆识，希望他能像在滁州和湖南那样，扭转颓势，挽救危局。所以在调辛弃疾的诏令中明确提出是要他到隆兴府“任责荒政”①的。

辛弃疾到任后，发扬雷厉风行的作风，有条不紊地采取了一系列紧急救荒措施。

首先，面对粮荒引起的混乱，他在隆兴府境内的大街上张贴告示：

闭粜者配，强籴者斩。

八字的告示一方面强制囤积粮食的奸商把所囤粮食全部粜卖出来，否则便要受到流配的处分，从内部挖掘粮源以救灾；另一方面，又不许缺粮户去抢劫囤粮户的粮食，否则就要受到杀头的处分。这一措施既制止了奸商的投机倒把活动，稳定了粮价，也消灭了因粮荒而产生的骚乱现象，稳定了社会秩序。

接着，他又行使一路帅臣的职权，命令全部取出公家的官钱、银器，召集当地的官吏、儒生、商贾、市民在一起，让他们推举出有才干而又忠实的人，领借钱物，令其到丰收区购运粮米，官家不取利息，限期月底将粮米运至城下发粜。于是，载运着粮米的大批船只按时聚集城下，粮价从而大落，人民都获得了足够的粮食。

当时，邻近的信州（今江西上饶）也遇灾荒，粮米奇缺。信州知州谢源明听说辛弃疾派人四处购买了大批粮米，便向隆兴府商量借米救助信州人民。辛弃疾的幕僚表示不同意，他却说："均为赤子，皆王民也。"便把米船的十分之三拨给信州，使信州人民及时地得到了救助。

由于辛弃疾采取了这些救荒措施，使隆兴人民平安

地度过了荒年，人民没有大量死亡，也没有发生严重事件。因此，“帝嘉之，进一秩”②。淳熙八年（1181）秋，南宋政府把他的官阶由宣教郎提升为奉议郎，以示奖励。

湖南任职以来，辛弃疾在充任方面大吏时，表现出的任事果决，敢作敢为，刚正不阿的作风，博得了中小地主的赞赏，受到了老百姓的欢迎，同时，也招惹来大地主大官僚顽固派的忌恨与反对。他们捏造罪名，造谣污蔑，广造舆论，对辛弃疾极尽打击陷害之能事。当时的理学家陆九渊攻击他“自用之果，反害正理，正士见疑，忠言不入”③。南宋朝廷的监察御史王蔺代表大地主大官僚的利益，对他提出弹劾，说他“奸贪凶暴，帅湖南日，虐害田里”④，又攻击他“用钱如泥沙，杀人如草芥”⑤。中书舍人崔敦诗草落职制命也污蔑他“肆厥贪求，指公财为囊橐，敢于诛艾，视赤子犹草菅”。因辛弃疾没有理会枢密院停建飞虎军营栅的命令，而被指责为“凭陵上司”⑥。

本来，这年十一月，南宋政府已经宣布辛弃疾改任两浙西路提点刑狱的诏命。但是，由于王蔺等人的弹劾他便落职了。此时，带湖新居业已建成，落职后的辛弃疾便回到了带湖家中，开始了南渡以来的第一次农村闲退生活。

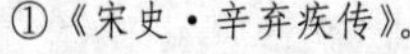
①《宋史·辛弃疾传》。

②《宋史·辛弃疾传》。

③《象山集·与徐子宜书》二。

④《宋会要·职官门·黜降官》。

⑤《宋史·辛弃疾传》。

⑥《西垣类稿·辛弃疾落职罢新任制》。

八、闲退带湖

优美的带湖新居

江西的上饶，位于信江上游，依山傍水，是个风景十分优美秀丽的去处。南宋政府的达官贵人大都竞相到这里建宅筑室，以备日后退职来此安居。

辛弃疾作为南宋政府的一路帅臣，身份地位，经济条件，都具备到上饶营建府第的可能性。淳熙八年（1181）春初，当他还在江西安抚使任所时，便已选定上饶城北不远处的带湖之滨，开始兴建他的带湖新居了。他在《上梁文》中曾经这样描绘带湖新居的胜景："青山屋上，古木千章，白水田头，新荷十顷。"他的友人洪迈更特作《稼轩记》，详细记载带湖新居的地理位置、周围环境和

建筑情况：

> 郡治之北可里所，故有旷土存，三面傅城，前枕澄湖如宝带。其纵千有二百三十尺，其衡八百有三十尺，截然砥平，可庐以居。而前乎相攸者皆莫识其处，天作地藏，择然后予。济南辛侯幼安最后至，一旦独得之，既筑室百楹，度财占地什四，乃荒左偏以立圃，稻田泱泱，居然衍十弓。意他日释位得归，必躬耕于是，故凭高作屋下临之，是为稼轩。而命田边立亭曰植杖，若将直秉耒耜之为者。东冈西阜，北墅南麓，以青径款竹扉，锦路行海棠，集山有楼，婆娑有室，信步有亭，涤砚有渚，皆约略位置，规岁月绪城之，而主人初未之识也。绘图畀余曰："吾甚爱吾轩，为吾记。"

可见带湖新居之宏伟。其建筑，亭台楼阁，应有尽有，的确是一座相当阔绰的住宅。他的挚友陈亮说它"甚宏丽"。这年秋冬之际，朱熹路经上饶时，"潜入去看，以为耳目所未曾睹"[①]。

带湖新居的设计与建筑，显示出辛弃疾的重农思想。他曾对人说："人生在勤，当以力田为先，北方之人，养生之具不求于人，是以无甚富甚贫之家；南方多末作以病农，而兼并之患兴，贫富斯不侔矣。"[②]辛弃疾出生于济

南府，早年生活在那里，十分熟悉北方农村的经济情况。南渡之后，他又看到了南方商业资本的发达，以及南方农民弃农经商的情况，他认为这是一种极不正常的现象。所以，他提出“当以力田为先”的主张。在这一思想指导下，他在带湖家园中特辟十弓之地作为稻田，“意他日释位得归，必躬耕于是”，把面临稻田的一排平房，取名为“稼轩”，并自号稼轩居士。

闲适与愤懑

淳熙八年（1181）十一月，辛弃疾从江西安抚使任上被劾落职了。此后，他便到带湖新居开始了闲退生活。总的说来，他这时期的生活是闲适的。对此，他的作品作了多方面的反映。当他初到带湖时：

带湖吾甚爱，千丈翠奁开。先生杖屦无事，一日走千回。凡我同盟鸥鹭，今日既盟之后，来往莫相猜。白鹤在何处？尝试与偕来。　破青萍，排翠藻，立苍苔。窥鱼笑汝痴计，不解举吾杯。废沼荒丘畴昔，明月清风此夜，人世几欢哀。东岸绿荫少，杨柳更须栽。

——《水调歌头·盟鸥》

辛弃疾为带湖的胜景所陶醉，每天“杖屦无事”，“日走千回”，或与鸥鹭同盟，或“窥鱼痴计”。

有时，他像“采菊东篱下”的陶渊明，悠然自得：

东篱多种菊，待学渊明，酒兴诗情不相似。

——《洞仙歌·开南溪初成赋》

今日复何日，黄菊为谁开。渊明谩爱重九。胸次正崔嵬。

——《水调歌头·九日游云洞》

有时，他漫步于农村小路，与农民朋友邂逅，有说不出来的乐趣：

万事到白发，日月几西东。羊肠九折，歧路老我惯经从。竹树前溪风月，鸡酒东家父老，一笑偶相逢。此乐竟谁觉，天外有冥鸿。

——《水调歌头·和信守郑舜举蔗庵韵》

有时，他与村中儿童嬉戏，充满田园乐：

连云松竹，万事从今足。拄杖东家分社肉，白酒床头初熟。　　西风梨枣山园，儿童偷把长竿。莫遣旁人惊去，老夫静处闲看。

——《清平乐·检校山园，书所见》

有时，他与朋友对饮；有时，他于酒家独酌，经常处于醉态之中：

呼斗酒，同君酌。更小隐，寻幽约。

——《满江红·游南岩，和范廓之韵》

春入平原荠菜花，新耕雨后落群鸦。多情白

发春无奈，晚日青帘酒易赊。

——《鹧鸪天·游鹅湖，醉书酒家壁》

昨宵醉里行，山吐三更月。不见可怜人，一夜头如雪。今宵醉里归，明月关山笛。收拾锦囊诗，要寄杨雄宅。

——《生查子·山行，寄杨民瞻》

这样一些生活内容的确是闲适的，辛弃疾俨然成了一位隐士。他深受陶渊明的影响，经常以陶为学习的楷模。但是，他的思想感情也如陶渊明一样却没有超然世外，被迫退休的愤懑与感慨不时流向笔端：

不向长安路上行，却教山寺厌逢迎。味无味处求吾乐，材不材间过此生。

宁作我，岂其卿。人间走遍却归耕。一松一竹真朋友，山鸟山花好弟兄。

——《鹧鸪天·博山寺作》

不能为收复失地而努力，却无可奈何地隐居山林，和松竹交朋友，以山鸟山花作弟兄。他的愤慨感情使他自然地发出“人间走遍却归耕”的不平之鸣。对于这样的处境，他是极不满意的。他不断地强烈抗议：“平生塞北江南，归来华发苍颜。”（《清平乐·独宿博山王氏庵》）

在带湖十年的闲退生活中，辛弃疾的心理经常处于退隐与用世的矛盾状态中。当带湖新居将成的时候，他

在江西安抚使任上，就流露了这种心情：

三径初成，鹤怨猿惊，稼轩未来。甚云山自许，平生意气；衣冠人笑，抵死尘埃。意倦须还，身闲贵早，岂为莼羹鲈脍哉？秋江上，看惊弦雁避，骇浪船回。

东冈更葺茅斋，好都把轩窗临水开。要小舟行钓，先应种柳，疏篱护竹，莫碍观梅。秋菊堪餐，春兰可佩，留待先生手自栽。沉吟久，怕君恩未许，此意徘徊。

——《沁园春·带湖新居将成》

“惊弦雁避，骇浪船回”，说明他已产生了退隐思想，打算回避斗争，退出官场。但他又“沉吟久”，对国事难以忘怀，想继续用世。这种矛盾心理贯穿于这一时期。

然而，有时辛弃疾用世的思想占了主导地位，却又不能成为现实。这又往往使他陷于极度苦闷之中。他常常苦于无人理解他的远大志向：“谁识稼轩心事？”他又常常质问，为什么庸人空居要位，自己却被贬谪：“雷鸣瓦釜，甚黄钟哑？”（《水龙吟·再题瓢泉》）

所以，他这一时期并没有忘情世事，他还时常在为国事担忧：

夜月楼台，秋香院宇。笑吟吟地人来去。是谁秋到便凄凉？当年宋玉悲如许。

随分杯盘，等闲歌舞。问他有甚堪悲处？思量却也有悲时，重阳节近多风雨。

——《踏莎行·庚戌中秋后二夕，带湖篆冈小酌》

词人中秋赏月时，有感于失地未复，国势危殆，倍感凄凉。故其表面的闲适，不过是他内心愤慨与苦闷的曲折反映。作为一个地主阶级知识分子，在被迫长期闲退的岁月中，仍然坚持收复失地统一国家的理想与主张，是很可贵的。其间流露出的闲适、消极的情绪，是合乎逻辑的，完全符合他的阶级地位。

与陈亮“极论世事”

在带湖闲居期间，辛弃疾的心犹如一团烈火。他经常系念着抗敌事业，为国家的前途、民族的命运而忧心如焚。于万般无奈中，他经常与友人共同研讨战胜敌人的方略大计，准备着杀敌机会的到来。其间，尤以与陈亮“极论世事”最为动人心弦，可歌可颂。

陈亮（1143—1194年），字同甫，号龙川，浙江永康人。他是我国南宋时期杰出的唯物主义思想家、爱国词人。在对唯心主义的程朱理学的斗争中，他高举批判的旗帜，围绕着“王霸义利”的问题，同程朱理学进行了坚韧不拔的战斗，揭露了以朱熹为代表的理学家们虚伪

腐朽的本质，写下了许多战斗的篇章，提出了不少当代“儒者之所未讲”的问题，被人誉为思想史上“异军突起”的人物。他主张“义利双行，王霸并用”之说，反对朱熹的“正心诚意”的“性命”之学。他表示自己要“研究义理之精微，辨析古今之同异，原心于秒忽，较礼于分寸，以积累为功，以涵养为正，睟面盎背，则亮于诸儒诚有愧焉。至于堂堂之阵，正正之旗，风雨云雷交发而并至，龙蛇虎豹变见而出没，推倒一世之智勇，开拓万古之心胸，如世俗所谓麄块大脔，饱有余而文不足者，自谓差有一日之长”③。他讽刺“自以为得正心诚意之学者”“低头拱手以谈性命”的朱熹之流迂腐“儒士”，“皆风痹不知痛痒之人”④。在与唯心主义的程朱理学进行斗争的同时，陈亮站在抗战的立场上，对南宋的投降派进行了坚决斗争。“隆兴初，与金人约和，天下忻然幸得苏息，独亮持不可。”⑤他为抗金，研读《孙子兵法》，“独好伯（霸）王大略，兵机利害”⑥，总结了历代兵家用兵之得失，写出了二十一篇《酌古论》，对一些历史人物、历史事件进行了分析评价，为现实的民族斗争服务。他多次上书孝宗皇帝，对南宋“君臣上下苟一朝之安而息心于一隅”⑦的民族投降主义进行了猛烈的抨击，提出了一系列改革政治的主张和挥师北上、收复失地的军事计划。在当时，陈亮以一个白丁的身份，能够如此认真，如此系统地提出抗金的方略大计，实在是可贵的。

辛、陈的友谊，是建立在抗金、反对投降基础上的战斗友谊。大诗人李白与杜甫的亲密友谊，在中国文学史上曾经被人传为佳话。但辛弃疾与陈亮的友谊，较之李白与杜甫，却更富于战斗的内容。共同的理想与抱负奠定了他们的亲密友谊的基础；一致的反掠夺反投降的爱国行动，巩固了他们亲密友谊的基础。不言而喻，这种友谊具有更高的思想意义。在抗击女真贵族掠夺和反对妥协投降的斗争中，他们一个“以气节自负”，一个“胸中耿耿”，是一对志同道合的战友。辛弃疾罢官家居以后，上饶、东阳之间不断有书信往来。淳熙十年(1183)春，即辛弃疾被劾落职后的第三年，陈亮寄书辛弃疾，约秋后来访，未果。淳熙十五年（1188）冬，这两位爱国志士终于有“鹅湖之会”。关于这次相会的经过，在他们分别之后，辛弃疾寄赠陈亮的词前，有这样的记载：

> 陈同甫自东阳来过余，留十日，与之同游鹅湖，且会朱晦菴于紫溪，不至，飘然东归。既别之明日，余意中殊恋恋，复欲追路，至鸬鹚林，则雪深泥滑，不得前矣。独饮方村，怅然久之，颇恨挽留之不遂也。夜半投宿吴氏泉湖四望楼，闻邻笛悲甚，为赋《乳燕飞》以见意。又五日，同甫书来索词，心所同然者如此，可发千里一笑。

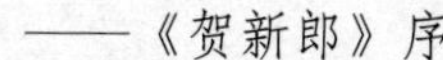
——《贺新郎》序

当时，辛弃疾正患病，他在答陈亮的词中说："我病君来高歌饮，惊散楼头飞雪"，正是写的这种情景。虽然如此，辛弃疾还是欣然欢迎陈亮的来访。由此可以看出辛弃疾对于陈亮的来访是极为重视的。所以如此，并不单纯因为陈亮是他的志同道合的挚友，更重要的却是因为他们这次相会的目的是要研究讨论民族斗争的大计，所以，在陈亮死后，辛弃疾对"鹅湖相会"仍然记忆犹新，念念不忘："而今而后，欲与同甫憩鹅湖之清阴，酌瓢泉而共饮，长歌相答，极论世事，可复得耶！"（《祭陈同甫文》）这说明辛、陈友谊之深，关系之密，也告诉人们，他们这次相会的目的和见面时谈话的主题："极论世事"。

这次相会，原先还约定了正在崇安的朱熹。他们怀着很大的兴致到赣闽交界的紫溪，等待朱熹前来相会。但是他们久等而不见朱熹到来，陈亮便愤然东归。陈亮为什么邀约朱熹？朱熹为何不赴约？这要从当时抗金斗争的形势以及他们对抗金斗争的立场、态度来考查。

淳熙十四年（1187），发生了一个有利于抗战的事件。这年十月，宋高宗赵构死了。南渡以来，赵构抱定了"偏安忍耻，匿怨忘亲"的宗旨，重用大汉奸大间谍秦桧，爱国志士被残杀殆尽，无人再有复仇之议。宋孝宗即位之初，在人民抗战情绪的激励下，在主战派的推动下，"锐意恢复"，但作为太上皇的高宗却不断加以阻

挠和掣肘。所以在符离兵败之后，朝廷一直没有抗金的行动和打算。现在高宗死了，这在主战人士看来是对金关系的一个转机，陈亮自然也作如是观。他们甚至认为高宗的死是搬去了抗金的一块“绊脚石”，是难得的抗金的良机。陈亮作为地主阶级的下层知识分子，自然还不能从本质上去观察抗战与投降的斗争，而只是把它归结为个别人物（某一皇帝）的作用。于是，他便寄希望于高宗死后的孝宗身上，而抓紧这一时机，展开了一系列的活动。

首先，他于次年（1188 年）春天，亲到金陵、京口去视察形势⑧，作为向孝宗进言抗战的有力根据。在视察京口的形势时，他写了一首壮怀激烈的《念奴娇·登多景楼》。无论是挥师北伐，或是扼守东南，京口都是战略要地。通过观察，陈亮对“一水横陈，连冈三面，做出争雄势”的地势作了分析，发出了“凭却江山管不到，河洛腥膻无际”的感慨，向孝宗皇帝指出，也是激励人民，这样好的山河形势“正好长驱，不须反顾”。

在调查研究的基础上，四月间，陈亮即上书孝宗，议论天下大势，陈述反攻图进的大计，建议孝宗“用其喜怒哀乐爱恶之权，以鼓动天下”，共图恢复。同时，他明确指出：“今者高宗皇帝既已祔庙，天下之英雄豪杰，皆仰首以观陛下之举动，陛下其忍使二十年间所以作天下之气者，一旦而复索然乎！”⑨敦促宋孝宗趁高宗死后

民心昂奋之际，励志恢复。

此外，陈亮还主动与辛弃疾和朱熹取得联系，以求共同行动。辛、陈二人与朱熹在个人关系上，都时有往还，但在政治上思想上却存在着深刻的分歧。陈亮与朱熹的分歧，围绕着“义利王霸之争”，表现得十分尖锐。辛弃疾与朱熹呢？据陈亮说，他们之间也是有些“戛戛然若不相入”的。但由于辛弃疾和朱熹在当时是“四海所系望者”，所以，陈亮从抗金的大局出发，很想争取朱熹站到主战的一边来，促成辛、朱相会。怎样使他们相会呢？当时陈亮“甚思无个伯恭在中间掴就也”⑩。于是，陈亮便决定暂时放下自己与朱熹的分歧，亲自出马充当在辛、朱间“掴就”的人物，撺掇他们会面。陈亮便给两人写信，约定在紫溪相会，互相商谈一下对形势的看法，以便求同存异，争取在抗金救国的大目标下统一起来，然后采取一致的行动，抓住有利的时机，促使朝廷早定北伐大计，以实现全国人民的愿望和他们自己的抱负。

可是，朱熹虽然接受了陈亮的邀请，但他对抗战，对国家民族的存亡本来就态度十分冷漠，自然对紫溪之会就很不感兴趣了。事后，他给陈亮写了两封信，说明自己未能赴约的原因。他说自己是“诵说章句（指儒家经典）”的人，“更过五、七日便是六十岁人。近方措置（安置）种得几畦杞菊，若一脚出门，便不能得此物吃，

不是小事”。在朱熹看来，几畦杞菊是比国家前途、民族命运还要重要的事情。这充分暴露了朱熹的肮脏灵魂。所以，他干脆向陈亮表白了自己的反动立场和顽固态度：“奉告老兄：且莫相撺掇（劝诱），留取闲汉在山里咬菜根，与人无相干涉，了却几卷残书”，“古往今来，多少圣贤豪杰，韫经纶事业不得作，只恁么死了底何限，顾此腐儒，又何足为轻重。”⑪表示即使抗金成功，也是不愿出山做事的。

辛弃疾、陈亮是十分珍惜和重视鹅湖相会的。此后的一段时间，以这次相会为中心内容，彼此间词的赠答频繁。尤其辛弃疾，在他们相会分别后的第二天，去追陈亮而不得，投宿泉湖吴姓人家的四望楼时，还夜不成眠，想到连日来同游的好友，便写了一首《贺新郎》寄陈亮：

把酒长亭说。看渊明、风流酷似，卧龙诸葛。何处飞来林间鹊，蹙踏松梢残雪。要破帽早添华发。剩水残山无态度，被疏梅料理成风月。两三雁，也萧瑟。

佳人重约还轻别。怅清江、天寒不渡，水深冰合。路断车轮生四角，此地行人销骨。问谁使君来愁绝。铸就而今相思错，料当初费尽人间铁。长夜笛，莫吹裂。

词中回忆他们在鹅湖相聚时的情景和心情，表达了分别后深厚的相思之情，感叹国事的艰难，称赞陈亮是“卧龙诸葛”一样的人才。陈亮得词后亦以同调相和：

老去凭谁说。看几番神奇臭腐，夏裘冬葛。父老长安今余几，后死无仇可雪；犹未燥当时生发。二十五弦多少恨，算世间，那有平分月。胡妇弄，汉宫瑟。　树犹如此堪重别。只使君从来与我，话头多合。行矣置之无足问，谁换妍皮痴骨。但莫使伯牙弦绝。九转丹砂牢拾取，管精金只是寻常铁。龙共虎，应声裂。

陈亮对中原人民数十年来在女真贵族蹂躏下的悲惨处境表示慨叹，痛斥朝廷奉行苟安妥协的投降主义政策，认为祖国的大好河山正如完整的月亮是不可分裂的。最后以“精金”也是“寻常铁”锤炼而作比，表达了词人坚决恢复中原的意志。辛弃疾得词后，乘兴又赠一首：

老大那堪说。似而今，元龙臭味，孟公瓜葛。我病君来高歌饮，惊散楼头飞雪，笑富贵千钧如发。硬语盘空谁来听，记当时只有西窗月。重进酒，换鸣瑟。

事无两样人心别。问渠侬：神州毕竟，几番离合？汗血盐车无人顾，千里空收骏骨。正目断关河路

绝。我最怜君中宵舞，道男儿到死心如铁。看试手，补天裂。

作者以抗金救国相勉，表现了两人建立在共同理想基础上的战斗友谊。接着，陈亮怀着饱满的激情，连和两首。这两首词和第一首一样，抒发了自己抗金救国、匡复危局的抱负，痛斥了投降主义的种种谬论邪说。他愤怒揭露“爱吾民，金缯不爱”的无耻谎言，那些代表大地主大官僚阶级利益的投降派们为了开脱罪责，竟说为了爱护老百姓，才不得不去搜刮老百姓的“金缯”而乞求和平，其实“壮气尽消人脆好，冠盖阴山观雪”，老百姓的痛苦恰恰是投降派乞求和平，苟安偷生带来的恶果。看到“买犁卖剑平家铁”的情况，抗战的壮士只有流泪，“肺肝裂”。

辛弃疾和陈亮同属主战派，又同遭投降派的残酷打击与迫害。辛南渡四十余年，竟因积极主张抗战，广交抗金战友，而被污为“凭陵上司”和“缔结同类”、“方广赂遗”⑫，从而被罢职，长期闲退农村。陈亮的遭遇就更悲惨了。他一生没有做什么官，却两次被投降派逮捕入狱。淳熙十一年（1184）春天，反动统治者“竟用空言罗织成罪”⑬，把他逮捕入狱。这时，朱熹竟落井下石，趁机攻击他“平时自处于法度之外，不乐闻儒生礼法之论”，因而招来了祸祟，并威胁他从今以后要“痛自

收敛"，"绌去义利双行、王霸并用之说"，向理学投降，便可"免祸"⑭。陈亮对来自朱熹的攻击与威胁，不仅没有屈服，而且进行了针锋相对的斗争。在思想战线上展开的以"王霸义利"为中心的激烈大搏斗就是从这时开始的。他们书信往还，斗争持续三年之久。陈亮这次入狱七、八十日才得释。

陈亮反理学反投降的斗争引起了在庭群小的"交怒"。鹅湖之会后的第二年，即绍熙二年（1190）冬，陈亮再度遭到迫害，被捕入狱。对这位挚友的不幸遭遇，辛弃疾竭力援救，才使陈亮免于一死。正如史书所载，"辛弃疾、罗点素高亮才，援之尤力，复得不死"⑮。充分表现了辛、陈二人患难与共的笃实情谊。

绍熙四年（1193），辛弃疾在福建帅任上应召赴行在奏事时，曾在浙东与陈亮相会晤。这是他们最后一次见面。同年，陈亮举进士，但次年他便去世了。辛弃疾怀着沉痛的心情悼念这位志同道合的朋友，写了一篇感情真挚的《祭陈同甫文》，表示"人皆欲杀，我独怜才"，高度评价他为"天下之伟人"。

①《陈亮集·与辛幼安殿撰书》。

②《宋史·辛弃疾传》。

③《陈亮集·又甲辰秋书》。

④《陈亮集·上孝宗皇帝第一书》。

⑤《宋史·陈亮传》。

⑥《酌古论·序》。

⑦《陈亮集·上孝宗皇帝第一书》。

⑧见《陈亮集·戊申再上孝宗皇帝书》。

⑨《陈亮集·戊申再上孝宗皇帝书》。

⑩《陈亮集·与辛幼安殿撰书》。

⑪《朱子大全·戊申与陈同甫书二》。

⑫崔敦诗《西垣类稿·辛弃疾落职罢新任制》。

⑬叶适《龙川文集》序。

⑭《与陈同甫书》。

⑮《宋史·陈亮传》。

九、再度起用福建

绍熙二年（1191）冬天，在带湖之滨闲居了十年之久的辛弃疾，接到了南宋朝廷任命他为福建提点刑狱的诏命。翌年春天，五十三岁的辛弃疾便离开瓢泉新居，启程到福建赴任去了。

绍熙四年（1193）秋，辛弃疾加集英殿修撰，知福州，兼福建安抚使。至绍熙五年（1194）秋，始放罢，重归田里。

在福建将近三年的政治生涯，辛弃疾一如既往，忠于自己的职守，表现出认真负责的精神和雷厉风行的作风，取得了卓著的政绩。

关心民间疾苦

辛弃疾在福建期间，站在中小地主阶级

立场上，采取了一系列限制大地主大官僚利益的措施，关心民间疾苦，注意减轻人民负担，做了一些有利于人民的事情。

在经济方面，他就任福建提点刑狱之后，根据福建的实际情况，向南宋朝廷提出了推行“经界”和改变盐法的建议。

南宋大官僚、豪强地主兼并土地的情况十分严重，大量的土地都集中在他们手中，赋税徭役的负担却往往还是留在原业主身上，他们享有免税、免役的特权。这种不合理的情况引起了中小地主阶层，尤其是广大农民的不满。他们强烈要求清理土地所有权和按地亩负担赋役——这就是所谓“经界”。

南宋政府为了均赋，更重要的是为了增加财政收入，绍兴初年，曾在全国范围内实行“经界”。经界之后，赋役不均的现象虽稍有改变，但经界既不彻底，又不能持久。如浙江余姚县自经界之后不过十年，就“力物走弄，以及一半”①。可见在封建社会里，企图限制封建特权，减轻农民负担的任何措施，总是难以推行的。

绍兴经界，唯有闽南汀、漳一带，因当时有何白旗起义，没有实行，因此，赋役不均的情况，比之别处，更为严重。在辛弃疾之前，福建有些代表中小地主阶层利益的官吏，就曾向南宋朝廷建议过推行经界，并颁布了有关法令。但由于大官僚大地主阶级的反对和破坏，

经界并没有得到很好的推行，而且上述的那一流弊反愈演愈烈。赵汝愚在一篇奏章中说：

有税者未必有田，而有田者未必有税。比岁诸县逃亡者众，有司窘于调度，不肯为之从实倚阁，遂将逃亡税赋均及见存邻保。邻保又去，则辗转及之贫弱之民，横被追扰。其间却有豪猾之家，不纳租赋。一强者为之倡首，则群弱者从而附之。至有一乡一村公然不肯纳常赋者。

——《历代名臣奏议·论汀赣盗贼利害奏疏》

这就是辛弃疾就任福建提点刑狱时，福建农村赋役不合理的真实情况。

南宋时，福建八州的盐法是不同的。上四州建宁、南剑、汀州、邵武不产盐，主要实行官运官卖法；下四州福州、泉州、漳州、兴化为产盐之地，则主要实行“钞盐法”，即令盐商向政府缴纳一定数量的盐税，使盐商获得贩卖相应数量食盐的许可。官运官卖法存在着种种流弊，相比之下，“钞盐法”较为符合人民的要求。乾道八年（1172）正月二十五日新提举福建路市舶陈岘的奏语中言及两种盐法的利弊：

福建路海口、岭口、涵头三仓，祖额岁买盐一千九百七十六万七千五百斤，自元丰三年转运

使王子京建搬运盐纲之法，后来州县奉行，积渐生弊，一则侵盗而损公，二则科买而扰民，至今尤甚。且天下皆行钞法，于官则可计所入而无侵渔之弊，于民则便于兴贩而免科买之患，公私之利甚情，今独福建受此运盐之害，岂可不行钞盐法以革之乎？

——《宋会要·食货》

官运官卖法既是存在着这许多流弊，而多数官吏对此又全然不顾，这就给实行官运官卖法的上四州人民造成了深重的祸患。辛弃疾去做福建提点刑狱的时候，福建上四州还是实行官运官卖法。

辛弃疾就任之后，了解到不合理的赋役和官运官卖的盐法给人民，尤其给汀州人民带来很大损害，汀州人民又强烈要求行“经界”，行“钞盐”，于是，他便于绍熙三年（1192）上书给宋光宗，提出了“因民所欲行之”的主张，建议在汀州推行“经界”，改行“钞盐法”。他说：

天下之事，因民所欲行之，则易为功。漳、泉、汀三州皆未经界，漳、泉民颇不乐行，独汀之民，力无高下、家无贫富、常有请也。且其言曰：“苟经界之行，其间条目，官府所虑胃将害民者，官不必虑也，吾民自任之。”其言切矣。故曰

经界为上。

其次莫若行盐钞。盐钞利害，前帅臣赵汝愚论奏甚详，臣不复重陈。独议者以向来漕臣陈岘固尝建议施行，寻即废罢；朝廷又询征广西更改盐法之弊；重于开陈。其实不然。广西变法，无人买钞，因缘欺罔。福建钞法才四阅月，客人买钞几登递年所卖全额之数。止缘变法之初，四州客钞辄令通行，而汀州最远，汀民未及搬运而三州之贩盐已番钞入汀，侵夺其额，汀钞发泄以致少缓。官吏取以借口，破坏其法。今日之议，正欲行之汀之一州，奈何因噎而废食耶？故曰钞盐次之。

——《论经界盐钞札子》

这个札子围绕着“经界”、“钞盐”的问题，论述了“天下之事，因民所欲行之，则易为功”的道理。这是他任各地地方长官时所力求实施的原则。

除建议推行“经界”和“钞盐”之外，辛弃疾在福建安抚使任内，还像《九议》中所说的那样，革新理财，注意节省浮费，把人力物力集中使用于抗战，解决了福建多年来无法解决的财政困难。

南宋政府的投降主义集团不顾国家民族的存亡，对金妥协投降，大量纳银纳绢，对内则强取豪夺，肆意挥

霍。据记载，南宋初，有一支居住在福州的赵姓皇族宗室，总共不足二百人，每年即需耗费三万贯的巨资②。同时，福州养着数量较多的军队，也需要很大数量的钱款和粮食。但福建山多，“土狭民稠”，粮食既不敷需用，也难以负担以上繁重的开支。为了改变这种状况，辛弃疾革新理财办法，尽量节省浮费，设置一所“备安库”，把节省下来的银钱全部储存在库内。几个月的时间，库中所存便已满五十万贯，并“以备安钱籴二万石”粮食③，做到了有备无患。这就为国家积累了财富，加强了抗金战争的力量。

在政治方面，辛弃疾对中下层人民采取安抚的方针。汀州曾发生疑狱，长期不得解决。辛弃疾到任后，立即委派上杭令鲍粹然去调查处理，避免了一场诬陷人民的冤狱。他又委派福清县主簿傅大声审讯长溪县的囚犯，后来，他亲自去审问，结果，释放五十余人。顽固派表示反对，他毫不理睬。辛弃疾处理这种问题，总是务从宽厚。楼钥在其所撰制词中总述辛弃疾在福建任内的治绩时说：“比居外台，谳议从厚，闽人户知之。”④他的这一方针得到人民的欢迎和拥护。

在发展教育事业方面，辛弃疾也是比较注意和关心的。在福州时，他曾修建福州郡学，为人民创造学习的条件，为教育事业作出了一定的贡献。

论奏长江上游的军事防御

福建任职期间，辛弃疾在军事上的作为，主要是以其卓越的军事才识，论奏长江上游的军事防御部署。

绍熙三年（1192）底，宋光宗忽然决定要召见辛弃疾。诏书到了福州，辛弃疾不顾新年将至，决定立即启行。行前，在闲退家居的陈岘为他饯行的一次宴会上，写了一首词，抒写他这次被召见的心情：

长恨复长恨，裁作短歌行。何人为我楚舞，听我楚狂声？余既滋兰九畹，又树蕙之百亩，秋菊更餐英。门外沧浪水，可以濯吾缨。　一杯酒，问何似，身后名。人间万事，毫发常重泰山轻。悲莫悲生离别，乐莫乐新相识，儿女古今情。富贵非吾事，归与白鸥盟。

——《水调歌头·壬子三山被召，陈端仁饮饯席上作》

仕途上的坎坷不平，给辛弃疾的教训够多的了。为了抗战驱敌，他做了多方面的努力，结果却是屡遭打击陷害，赋闲家居。那些投降派软骨头反可青云直上，身居要位。这种“毫发常重泰山轻”的不合理现实，怎能不使辛弃疾悲哀而又愤慨呢！此次赴行在召对，谁知是一种什么情况？

辛弃疾在途中度过了新年，于正月四日抵建宁。宋光宗在便殿召见了他。当时，他发表了《论荆襄上流为东南重地》的登对札子。《札子》首论荆襄上流为东南重地的理由：

自古南北之分，北兵南下，由两淮而绝江，不败则死；由上流而下江，其事必成。故荆襄上流为东南重地，必然之势也。

他认为加强荆襄地区的守备，是南宋朝廷所在地江浙一带安全的保证。他又进一步提出，“荆襄合而为一则上流重”的主张，并且指出“上流轻重”，是南北成败的关键。

当时，许多有识之士都认识到荆襄地区的重要战略意义，提请南宋朝廷加强守备。陈亮指出：

荆襄之地，……况其东通吴会，西连巴蜀，南极湖湘，北控关洛，左右伸缩，皆足为进取之机。今诚能开垦其地，洗濯其人，以发泄其气而用之，使足以接关洛之气，则可以争衡于中国矣。

——《上孝宗皇帝第一书》

鄂州诸军都统制吴拱也有类似论述：

荆南为吴、蜀之门户，襄阳为荆州之藩篱，屏翰上流，号为重地，若弃之不守，是自失其藩篱也。况襄阳依山阻江，沃壤千里，设若侵犯，

据山以为巢穴，如人扼其咽喉，守其门户，则荆州果得高枕而眠乎？

——《建炎以来系年要录》卷一九二

这就说明，辛弃疾关于荆襄上流为东南重地的论奏，代表了主战派人士的普遍认识，有着重大的现实意义。

然而，如何加强荆襄地区的守备呢？他针对当时上流之备“犹泛泛然未有任陛下之责者”的实际情况，提出必须委以帅臣，统一指挥，负责那里的守备。具体做法是：

自江以北，取襄阳诸郡合荆南为一路，置一大帅以居之，使壤地相接，形势不分，首尾呼应，专任荆襄之责；自江以南，取辰、沅、靖、沣、常德合鄂州为一路，置一大帅以居之，使上属江陵，下连江州，楼舰相望，东西联亘，可前可后，专任鄂渚之责。

这样，属任既专，守备自然就坚固了。辛弃疾的挚友陈亮，也反复强调这一点，主张“精择一人之沈鸷有谋、开豁无他者，委以荆襄之任”，他认为这样经过数年的努力，“则国家之势成矣”⑤。在《中兴论》中，陈亮又一次力请皇帝这样做。辛弃疾这次召对途中，在浙东曾与陈亮会面，关于南宋的守备，他们想必是交换过意见的。

最后，《札子》对宋光宗提出殷切希望：

愿陛下居安虑危，任贤使能，修车马，备器械，使国家有屹然金汤万里之固，天下幸甚！社稷幸甚！

辛弃疾在这里向宋光宗提出了三方面的问题。其一是希望宋光宗要做好打仗的精神准备，所谓“居安虑危”就是这个意思。这是他一贯的主张，其早年上孝宗的《美芹十论》和上虞允文的《九议》都曾提出这个问题。其二是要做好打仗的组织准备，所谓“任贤使能”，就是要任用那些有才能的主战派人物，主持朝廷的军机要务；当然辛弃疾是把自己放在“贤能”的主战派之列了。其三是希望朝廷做好打仗的一系列物质准备。尽管辛弃疾的论奏如此周密，但并没有引起宋光宗和在朝文武大臣的注意和采纳。辛弃疾抗金驱敌的努力，又一次付之东流。

这次召对之后，辛弃疾被留在南宋行朝做太府少卿。半年之后，朝廷又提升他的职名为集英殿修撰，并派他去做福州知州兼福建安抚使。

辛弃疾考虑到福建一路的安全，又想重操编练军队的旧业。福州滨海，经常有“海盗”出没，辛弃疾尝叹曰：“福州前枕大海，为贼之渊，上四郡民，顽犷易乱，帅臣空竭，缓急奈何？”⑥为了维持治安，防御“海盗”的侵扰，加强军事防守力量，辛弃疾决定打造一万副铠

甲，招募强壮，扩充队伍，严加训练，使其成为一支强有力的军队。应该指出的是，辛弃疾所说的“盗”、“贼”，大都是当时被逼造反的农民和渔民。他建军是为了对付这部分造反者，维护赵宋王朝的封建秩序。显然，这表现了辛弃疾的地主阶级立场。

辛弃疾在福建的所作所为，引起了贪官污吏的忌恨。这勾起了他对宦途的厌倦，他又打算归耕农村了。可是不解事的儿子却以田产未置阻止他这样做。辛弃疾因之赋词斥骂：

> 吾衰矣，须富贵何时。富贵是危机。暂忘设醴抽身去，未曾得米弃官归。穆先生，陶县令，是吾师。　　待葺个园儿名“佚老”，更作个亭儿名“亦好”，闲饮酒，醉吟诗。千年田换八百主，一人口插几张匙。便休休，更说甚，是和非。
>
> ——《最高楼》

果然，南宋朝廷的谏官们又以“莫须有”的罪名弹劾他了。绍熙五年（1194）七月，左司谏黄艾以“残酷贪饕、奸赃狼藉”⑦的罪名，对他提出弹劾，使他福州守和福建安抚使的官职全被罢免，原先的集英殿修撰也降为秘阁修撰。罢官之后不久，他便回到江西上饶的带湖之滨。庆元元年（1195）十月，御史中丞何澹又对他提出弹劾。弹章中说他“酷虐裒敛，掩帑藏为私家之物，

席卷福州，为之一空”⑧。结果他的秘阁修撰也被撤销。庆元二年九月，他们又以“赃汗恣横，唯嗜杀戮，累遭白简，恬不少悛”⑨的罪名，连主管建宁府武夷山冲佑观的名誉职也给罢掉了。

① 王十朋《梅溪集》卷二十五，《定夺余姚县和买》。

② 据《建炎以来朝野杂记》甲集《大宗正司两外宗废置》条。

③《宋史·辛弃疾传》。

④《攻媿集·太府卿辛弃疾集英殿修撰知福州制》。

⑤《上孝宗皇帝第一书》。

⑥《宋史·辛弃疾传》。

⑦《宋会要·黜降官》。

⑧《宋会要·黜降官》。

⑨《宋会要·黜降官》。

十、闲退瓢泉

辛弃疾在上饶闲居期间，曾经造访江西铅山县的期思市。那里有一泓清泉，其形如瓢，因叫瓢泉。瓢泉附近有几间房屋。辛弃疾爱其风景优美，便把泉和房都买归已有。当时，他赋词一首，抒发自己的兴奋心情：

飞流万壑，共千岩争秀。孤负平生弄泉手，叹青衫短帽，几许红尘；还自喜，濯发沧浪依旧。　人生行乐耳，身后虚名，何似生前一杯酒。便此地，结吾庐，待学渊明，更手种门前五柳。且归去，父老约重来；问如此青山，定重来否？

——《洞仙歌·访泉于期思，得周氏泉，为赋》

词中虽流露了“人生行乐”的消极情绪，却又表示，要像陶渊明那样，决不与投降派权贵们同流合污，而要在瓢泉，借酒浇愁，以抒发自己被劾的愤懑不平。此后，他便常到那里去住些时日，与好友陈亮在“鹅湖同憩，瓢泉共酌，长歌相答，极论世事”，与其他一些友人相聚话别。

绍熙五年（1194），辛弃疾被解除了福建安抚使的职务。回到上饶不久，便到期思，着手建造些房屋。经过数月的营造，于翌年春建成。关于瓢泉新居，以及他在瓢泉的生活情况，辛弃疾在一年后写的一首词中有这样的描绘：

> 新葺茆檐次第成，青山恰对小窗横。去年曾共燕经营。病怯杯盘甘止酒，老依香火苦翻经。夜来依旧管弦声。
>
> ——《浣溪沙·瓢泉偶作》

瓢泉新居建成后不过一年，辛弃疾在带湖旁的那所住宅不幸失火，其中的主要建设“一夕而烬”①。他的全家从此便移居瓢泉。

辛弃疾此次八年的闲退生涯，与以前闲退带湖之滨大致相同。大部分时日，都是与诗友、词客在优游山水、饮酒赋诗中度过的。下面的一首词很能反映他这种生活情趣：

物盛还衰，眼看春叶秋萁。贵贱交情，翟公门外人稀。酒酣耳热，又何须幽愤裁诗。茂林修竹，小园曲径疏篱。　　秋以为期，西风黄菊开时。拄杖敲门，任他颠倒裳衣。去年堪笑，醉题诗，醒后方知。而今东望，心随去鸟先飞。

——《新荷叶·赵茂嘉赵晋臣和韵，见约初秋访悠然》

同时，忧心国事的情怀，仍然经常流露出来。他曾明确表示："此身忘世浑容易，使世相忘却自难。"（《鹧鸪天·戊午拜复职奉祠之命》）有时，也缅怀早年"壮岁旌旗拥万夫"（《鹧鸪天·有客慨然谈功名，因追念少年时事，戏作》）的战斗生活。

闲退瓢泉的辛弃疾，思想感情中的消极面有了进一步的发展。他不仅学陶，优游山水，饮酒度日，还学老庄，信佛修山，以求长寿：

一个去学仙，一个去学佛。仙饮千杯醉似泥，皮骨如金石。　　不饮便康强，佛寿须千百。八十余年入涅槃，且进杯中物。

——《卜算子·饮酒成病》

辛弃疾虽属进步的地主阶级知识分子，但在政治斗争中，屡遭打击，被迫闲退之后，也难免思想消极。他的思想中，积极用世、消极退隐，经常处于矛盾状态中，反映

了他的世界观的复杂性。

此后，除有两年时间在浙东安抚使和镇江知府任所，辛弃疾在这里一直住到开禧三年（1207）病逝。

① 袁桷《清容集·跋朱文公与辛稼轩手书》。

十一、再帅浙东

嘉泰三年（1203）夏天，南宋政府任命辛弃疾为绍兴知府兼浙东安抚使。南宋的临时首都临安（今杭州市），地处浙东，濒临东海。这样的官职负有“京畿”的军政重任，显然表明了对辛弃疾的器重。在农村已经闲居八年多的辛弃疾，得以重登宦途，为实现他抗战驱敌、统一祖国的理想，再一次地进行努力，当然是喜出望外。

辛弃疾到绍兴视事不久，对于这次的出山却已感到异常后悔。当时，他写了一首词抒发这种心情：

胶胶扰扰几时休？一出山来不自由。
秋水观中山月夜，停云堂下菊花秋。
随缘道理应须会，过分功名莫强

求。先自一身愁不了，那堪愁上更添愁。

——《瑞鹧鸪》

辛弃疾在京畿任职，对于朝廷中的斗争了解得更清楚一些。他大概意识到将会遇到的难处的关系，感到远非自己原先所想。他不愿再过那种无休无止的“胶胶扰扰”的“不自由”的生活，他已经“一身愁”，更难以承受“愁上再添愁”，因此，他劝勉自己“过分功名莫强求”。

但尽管如此，辛弃疾对自己的职守还是尽心尽力，从不懈怠。他虽已是六十四岁的高龄，却一如在滁州、湖南、江西和福建时那样，处事果决，雷厉风行，做了一些为民兴利除害的事情。他到任不久，发现有些州县官吏有坑害农民的种种事情，就选取了最严重的六种，上疏朝廷，加以论奏，并希望宋宁宗下诏内外台严厉察劾，决不宽宥。六事没有全部流传下来，只有其中的两事：

输纳岁计有余，又为折变，高估趣纳，其一也。往时有大吏，为郡四年，多取斗面米六十万斛及钱百余万缗，别贮之仓库，以期朝廷曰：“用此钱籴此米。”还盗其钱而去。

——《文献通考·田赋考五》

这份奏疏揭露了贪官污吏敲诈农民的严重罪行。南宋朝廷虽接受了这一建议，并责成内外台严加察劾，但是腐

朽的封建制度，是不可能杜绝这种现象的。

辛弃疾帅浙东，前后不足半年。其间，曾有一批贩盐私商起事害民，立刻被他“消弭”下去。此事缺乏记载，详细的情况已无从查考了。

辛弃疾为人民兴利是多方面的。为了便于人民的娱乐和游览，他在绍兴修建了秋风亭，使人民可以登高望远，眺望祖国的山川湖海，有利于增强人民的民族意识。他做滁州知州时，在恢复生产、繁荣经济的同时，曾修建过奠枕楼、繁雄馆，为人民创造了游乐的条件。秋风亭建成后，他在登临时，曾写过《汉宫春·秋风亭观雨》和《上西平·秋风亭观雪》等词，其中“山河举目虽异，风景非殊”（《汉宫春》）、“起来极目，向弥茫、数尽归鸦”（《上西平》）是有感于祖国山河破碎发出的慨叹。其友人张镃、丘崈并有酬答的作品。

辛弃疾帅浙东时，他的朋友，已是八十老人的陆游，正在故乡绍兴居住。当时他住的是一处很简陋的住宅。“幸有湖边旧草堂，敢烦地主筑林塘。”① 正是这种情况，辛弃疾很关心这位友人的生活，有意代他修盖新宅，但为陆游辞谢了。

嘉泰三年（1203）十二月二十八日，辛弃疾奉召赴临安。陆游认为这一定和时局有关，因此，在他临行的时候，作了一首长诗为他送行：

稼轩落笔凌鲍谢，退避声名称学稼。十年高卧不出门，参透南宗牧牛话。功名固是券内事，且茸园庐了婚嫁。千篇昌谷诗满囊，万卷邺侯书插架。忽然起冠东诸侯，黄旗皂纛从天下。圣朝仄席意未快，尺一东来烦促驾。大材小用古所叹，管仲萧何实流亚。天山挂旆或少须，先把银河洗嵩华。中原麟凤争自奋，残虏犬羊何足吓。但令小试出绪余，青史英豪可雄跨。古来立事戒轻发，往往谗夫出乘罅。深仇积怨在逆胡，不用追思灞亭夜。

——《送辛幼安殿撰造朝》

诗中高度评价辛弃疾在文学和事业上的成就，说他是跨越鲍照、谢灵运的大诗人，是管仲萧何那样可以成就伟大事业的人物，并对他不被重用表示愤慨，希望朝廷把北伐、对敌用兵的重任交付给他去完成，劝勉他在团结对外的目标下，抛弃以前的一切个人恩怨。

辛弃疾的被召确是与时局有关。宋宁宗是个昏庸的君主，即位之后，大权旁落。最初是赵汝愚、韩侂胄争权，其后大权一直落在韩侂胄手里。韩侂胄是韩皇后的叔父，靠皇亲国戚的地位掌握了政权。庆元六年(1200)，韩后死了。这使韩侂胄感到失去了有力的支持者，他感到再也不能仅以皇亲国戚的身份掌握政权，而

必须在事业上有所成就。于是，为了避免可能发生的政治危机，巩固自己的地位，韩侂胄便急于要发动一场北伐战争。

正在这时，敌人方面的情况出现了有利于南宋的变化。北方人民反抗女真统治者的斗争相继蜂起，出现了新的高潮；女真贵族间的内讧事件不断发生，其势如日落西山，益见衰微；在金政权北部边境外的蒙古族，势力已渐趋强大起来，对金正加紧袭扰，构成严重威胁。这种形势对南宋确是有利的。辛弃疾很重视情报的作用，通过各种途径掌握了敌情。当然，上述的变化他早已了如指掌，成竹在胸了：

新来塞北，传到真消息：赤地居民无一粒，更五单于争立。　维师尚父鹰扬，熊罴百万堂堂。看取黄金假钺，归来异姓真王。

——《清平乐》

辛弃疾既已洞悉敌人兵连祸结，势力日衰，所以，在宋宁宗召见时，他便陈述了“金国必乱必亡，愿付之元老大臣，务为仓卒可以应变之计”② 的意见。他既指出了抗金战争的光明前途，以树立信心；又提出了做好北伐准备的主张，以加强战备。韩侂胄听后“大喜”，认为辛弃疾的陈述对他的北伐主张是个支持，但事实上，辛弃疾之主张北伐与韩侂胄主张北伐的动机目的，以及策略思

想是大相悖逆的。韩侂胄之北伐出于自己政治的需要，个人动机多了些，因而他就不顾敌强我弱的形势，急于事功，失之冒险。辛弃疾的北伐则是“为祖宗、为社稷、为生民”，其主张是建立在充分准备基础上的。他认为，金政权虽处在兵连祸结、日趋衰弱的情况之下，但其实力与南宋相比还是强得多的。由于南宋朝廷长期以来奉行对金屈辱投降的政策，从上到下既无打仗的思想准备，也无打仗的物质准备，军心民气消磨殆尽。正如黄榦给辛弃疾的信中所说：

国家以仁厚揉驯天下士大夫之气，士大夫之论素以宽大长者为风俗，江左人物素号怯懦，秦氏和议又从而销靡之，士大夫至是奄奄然不复有生气矣：语文章者多虚浮，谈道德者多拘滞，求一人焉足以持一道之印，寄百里之命，已不复可得，况敢望其相与冒霜露、犯锋镝、以立不世之大功乎？

——《勉斋集·与辛稼轩侍郎书》

南宋军队的士气低落已经使其难胜北伐之任，加之士兵都缺乏应有的训练，将校也都是些既无临战经验，又不晓兵机的无能之辈，就更使其无法与敌交战。所以，宋室南渡八十年的岁月中，虽有过几次大战，可是，文恬武嬉，为日已久，要进行成功的北伐，不进行一段较长时间的准备和发动，从各方面充实力量，显然是不能奏效的。“稼轩开禧之际亦曰更须二十年”③，正是说的这种事。其实，不仅开禧之际有如是主张，早在“符离之役”后写的《九议》中，他在批判“速胜论”时已明确提出十年、二十年准备时间的主张。

然而，辛弃疾的召对，却被心怀个人动机的韩侂胄用来进行一场“儿戏”战争的根据。召对之后，辛弃疾由集英殿修撰被提升为宝谟阁待制。为了加强进行北伐，嘉泰四年（1204）三月，他又被派到镇江去做知府了。

① 陆游《草堂》。

②《建炎以来朝野杂记》乙集卷十八。

③《清容居士集·跋朱文公与辛稼轩手书》。

十二、镇江规划北伐

关于镇江的战略地位，陈亮在经过认真地调查研究之后，曾指出：

> 京口（镇江）连冈三面，而大江横陈，江傍极目千里，其势大略如虎之出穴，而非若穴之藏虎也。……臣虽不到采石，其地与京口股肱建业，必有据险临前之势，而非止于靳靳自守者也。天岂使南方自限于一江之表，而不使与中国而为一哉！
>
> ——《戊申再上孝宗皇帝书》

此时此刻，要辛弃疾到具有特殊重要的战略地位的镇江做知府，他当然明白其中的意义。南渡四十余年，置身于抗金战争第一线，这在辛弃疾来说，还是第一次，因此，对这项任命，他是欣然接受的。辛弃疾认为，到这里任职，正可积极准备，争取时机，实现多年来梦寐以求的出兵北伐、收复失地的理想。对于韩侂胄在未做充分准备的情况下，就想匆匆出兵，他是深为不满，甚至表示反对的。这时，他曾赋《永遇乐》，一方面为当时的有利形势感到欢欣鼓舞，一方面又警告韩侂胄："元嘉草草，封狼居胥，赢得仓皇北顾。"指出那将招致和南朝刘宋元嘉年间草草出兵北伐的同样惨败的结局。

有人说，这不是警告侂胄对开禧北伐要慎重，而是批评张浚由于草率从事导致符离之役惨败。

这种说法是不符合作者的原意的。在辛弃疾的心目中，根本就不曾认为符离之役是大败，更不认为是惨败。他说，符离一役"虽未有大捷，亦未至大败"，而仅仅是"一挫"。直至数百年后的清代，在历史学界也还是这样评价。如著名历史学家王夫之就说符离之役仅仅是"小衄"，"无大损于国威"①。正因为辛弃疾认为仅仅是"一挫"，所以才为张浚因此而罢官鸣不平，批评宋孝宗的这种做法"恐非越勾践、汉高帝、唐宪宗所以任宰相之道。"而他们都是"其图回大功也，不恤以小节"（《美芹十论·久任》）的君主。既是一次"小挫"，"元嘉草草"云云，当然就不是指符离之役。说它是批评张浚，又从何说起呢？

坚决主张抗金，但又反对急躁冒进、草率从事进行

北伐，这是辛弃疾的一贯思想。早在三十多年前，他在批评“欲终世而讳兵”的主和派的同时，又批评了主战派中的“欲明日而亟斗”的速胜论者。他认为仓促北伐，与经过较长时间的充分准备后的北伐，结果是无法相比的（见《九议》其二）。对于韩侂胄将要发动的开禧北伐，辛弃疾持慎重态度。这时他既已表示过“更须二十年”准备时间的意见，那么，再赋《永遇乐》词，以元嘉年间的刘义隆、王云谟匆匆北伐而惨败的历史教训，对韩侂胄提出严肃的警告，自是情理中事。

不仅辛弃疾对开禧北伐持慎重态度，当时，主战派的其他代表人物也对韩侂胄提出了类似的忠告。丘崈曾说：“中原沦陷且百年，在我固不可一日而忘也，然兵凶战危，若首倡非常之举，兵交胜负未可知，则首事之祸，其谁任之？此必有夸诞贪进之人，攘臂以侥幸万一，宜亟斥绝，不然必误国矣。”②叶适也直谏宁宗和侂胄：“今欲改弱以就强，移迫动应久之兵而为问罪骤兴之举，作东南幸安之气而摧女真素锐之锋，此至大至重事也。诚宜深谋，诚宜熟虑，宜百前而不慑，不宜一却而不收。故必备成而后动，守定而后战。今或谓虏已衰弱，虏有天变，虏有外患；怵轻勇试进之计，用麄武直上之策，姑开先衅，不惧后艰；求宣和之所不能，为绍兴、隆兴之所不敢；此至险至危事也。”③

并非辛弃疾一人做这种积极的打算，就是一般有点

民族意识的人也是寄希望于他此次任命的。当时，在镇江有一个人名叫刘宰，他是辛弃疾在信州时的朋友，这次听说辛弃疾被任命镇江知府，便写信表示热烈欢迎，并希望他在恢复事业上，有更大的作为：

奉上密旨，守国要冲。三辅不见汉官仪，今百年矣；诸公第效楚囚泣，谁一洗之？敢因画戟之来，遂贺舆图之复。岂比儿童之拍手，谩夸师帅之得人。某官卷怀盖世之气，如圯下子房；剂量济时之策，若隆中诸葛。……赫然勋名，付之谈笑。……自介圭之入觐，借前箸以为筹：究财货之源流，指山川之险易。金马玉堂之学士，闻所未闻；灞上棘门之将军，立之斯立。

——《漫塘文集·贺辛待制弃疾知镇江》

在当时，辛弃疾是南宋不可多得的人才。众望所归，都希望他出来做轰轰烈烈的中兴事业。他未负众望，这时，他以六十五岁的高龄，表示了老当益壮的气概和跃马杀敌的雄心："凭谁问：廉颇老矣，尚能饭否？"并开始了多方面的备战活动。

辛弃疾在镇江的备战活动，主要是规划北伐。程珌的《丙子轮对札子》（二）中对此记载甚详。这个《札子》记录了辛弃疾嘉泰四年（1204）夏对程珌谈的备战计划。这些军事主张可以和他早年的《美芹十论》、《九

议》相媲美。

首先，他以简洁的语言，概述当时的形势。他认为，南宋官军从李显忠符离之役开始，就不战自溃，再也无力渡淮迎敌作战。从那之后，官军所能做的只是“列屯江上，以壮国威”罢了。

接着，他详尽地陈述北伐前应做的各方面准备。他主张首先要创建一支能够渡淮迎敌的新军，而他们必须从“沿边土丁”中招募。因为“沿边之人，幼则走马臂弓，长则骑河为盗”，经常受到武术训练。同时，他们接近敌占区，敌人经常袭扰，经常与敌人周旋斗争。“其视虏人，素所狎易。”至于“通、泰、真、扬、舒、蕲、濡须”内地之人，则都是“手便犁锄，胆惊钲鼓”，战斗力远不如沿边士卒。所以，他就任镇江知府后，就先做了红衲万领，准备在江北沿边地区招募一万人。

新兵招来以后，应当“各分其屯”进行训练，不要与官军混杂在一起。因为当时官军已经腐朽不堪，毫无战斗力。“一与之杂，则日渐月染，尽成弃甲之人，不幸有警，则彼此相持，莫肯先进，一有微功，则彼此交夺，反戈自戕，岂暇向敌哉。”辛弃疾对南宋官军丧失信心，无力对其进行改造，只好建议创建新军，与原有的官军脱离接触，免受其影响。

屯分好之后，还应当知道壮军势。如何壮军势呢？他主张把淮河东西分为二屯，每屯配备二万人。淮东设在山阳（江苏淮安），淮西设在安丰（在安徽寿县南），选择依山或阻水的地方为屯，把新军的老幼眷属都集中到屯里，妥善安置，使其无家庭方面的后顾之忧。然后再选择优秀的将帅，对他们进行严格的训练。这样，军队就可以气壮势盛，战胜敌人。但由于南宋朝政已是如患膏肓之疾，辛弃疾的这一建军计划最终还是归于流产。

除计划建军外，辛弃疾在镇江期间，还特别注重调查研究，侦察敌情，知己知彼，时刻准备着北伐时机的到来。多年来，辛弃疾经常向北方敌占区派遣间谍。他对南宋官吏派遣间谍视同儿戏，极致不满。他们往往以“银数两、布数匹”的代价，让人冒着生命危险，深入到敌占区，刺探敌人的动态。他认为这是不合理的，也是不可能得到有价值的情报的。辛弃疾却不是这样。他总是出重赏，有时花费四千缗钱，派遣间谍，侦察敌情。他要求谍报人员要提供详尽、准确的情报，“如已至幽燕”，“又令至中山，至济南”。哪里有水，哪里有山，哪里有官寺，哪里有帑廪，都要侦察清楚，回来报告。北方，是辛弃疾青少年时代活动的地方，情况熟悉，如有谎报，均易发现。对侦察得来的情报，辛弃疾并不盲目轻信，而是参互对照，加以印证，及时而准确地掌握敌情。

辛弃疾周密的北伐计划，韩侂胄并没有认真地加以采纳，而且在没有充分准备的情况下，不顾辛弃疾等人

的事先警告，于开禧二年（1206）草率出兵。这种轻率冒进的行动所招致的结果，只能是如程珌在淮甸亲眼看到的情况：

> 一出涂地，不可收拾：百年教养之兵一日而溃，百年葺治之器一日而散，百年公私之盖藏一日而空，百年中原之人心一日而失。

程珌以战争的参加者，分析其失败的原因，都早在辛弃疾的预料之中。他说：

> 所集民兵皆钼犁之人，拘留淮扬，……一日而纵去者不啻万人，此盖犯招兵不择之忌也；禁旅民兵混而不分，争泗攻寿相戕殆尽，此盖犯兵屯不分之忌也；兵数单寡，分布不敷，人心既寒，望风争窜，此盖犯军势不张之忌也；十月晦夜虏人以筏济兵，已满南岸，而刘世显等熟卧不知，遽报寝急，仓皇授甲，晨未及食，饥而接战，一鼓大溃。至若烽亭，近在路隅，一闻边声，燧卒先遁，所至烽烟不举，虏猝至前，率不能办，此又犯谍候不明之忌也。

程珌总结的韩侂胄北伐失败的教训，从反面说明了辛弃疾在镇江的北伐计划是符合当时的实际情况，是可行的。

在镇江知府任上，辛弃疾曾以悲愤的心情，为宋高宗的《亲征诏草》跋其后：“使此诏出于绍兴之初，可以无事仇之大耻；使此诏行于隆兴之后，可以卒不世之大功。今此诏与此虏犹俱存也，悲夫!”表示了他对敌人的仇恨，揭露了南宋当权者的叛卖投降行径，表达了他收复失地、统一祖国的决心。

开禧元年（1205）六月，辛弃疾在镇江知府任上刚满一年，其北伐的规划正要开始实施时，南宋朝廷却又改派他做隆兴府的知府，把他从“守国要冲”的镇江调走了。

七月初，辛弃疾还没有到隆兴府就任，朝廷言官已经论奏他有“好色、贪财、淫刑、聚敛”的罪状。南宋朝廷便撤回隆兴府知府的任命，而改授他“提举冲佑观”的空名。他有《瑞鹧鸪》一首抒写了自己的心情：

> 江头日日打头风，憔悴归来邴曼容，郑贾正应求死鼠，叶公岂是好真龙？　　孰居无事陪犀首，未办求封遇万松，却笑千年曹孟德，梦中相对也龙钟。

诗中的“郑贾”、“叶公”，是指韩侂胄，这时，辛弃疾对自己的出山，又感到很后悔了。他只好在秋天又回到铅山家中，重过他的隐居生活。

①《宋论》卷十一。

②《宋史·丘崈传》。

③《叶适集·上宁宗皇帝札子》。

十三、锐意词风变革

南宋词坛，无论是思想上，还是艺术上，都取得了前所未有的成就，是有词以来空前繁荣昌盛的阶段，堪称词史上的黄金时代。之所以出现这样崭新的局面，固然与那个尖锐激烈的民族斗争的历史时代密切相关，同时，与民族斗争中坚持主战的词人辛弃疾在词的创作实践上所进行的创新与倡导，也是分不开的。

为了说明辛弃疾创新的意义，就需对词的发生、发展作一历史的回顾。宋人王灼有一段话概括了这一历史过程。

> 盖隋以来，今之所谓曲子者渐兴，至唐稍盛。今则繁声淫奏，殆不可数。
>
> ——《碧鸡漫志》

这里所谓“曲子”就是隋唐之际流行的西域音乐——燕乐（宴乐）。宋沈括说：“唐天宝十三载，以先王之乐为雅乐，前世新声为清乐，合胡部者为宴乐（燕乐）。”①雅乐是秦代以前的古乐，配的歌词是《诗经》；清乐是汉魏六朝的乐府，配的歌词是《乐府》；宴乐是我国西北部少数民族的音乐，配的歌词是“曲词”或“曲子词”，亦简称“词”。可见，词从它产生之始，就与音乐结下了不解之缘。这种新兴的体裁，滥觞于隋朝，杨广、王胄写的几首《纪辽东》，已经比较接近词的形式格律，至唐渐盛。初唐沈佺期的《回波乐》、崔液的《踏歌词》等作品，已初具词的规模，而在民间，得到了更为广泛的流行。作为早期阶段的唐代敦煌曲子词，正是来自民间的作品，有着较强的现实性。它们直接反映了人民的现实生活的各个方面，其中关于市民妓女的，关于民族矛盾的尤其多。敦煌（在今甘肃省）邻近吐蕃，从唐太宗以后，吐蕃强盛，不断袭扰，战争频仍，河陇一带，屡次沦陷。敦煌曲子词反映了民族矛盾，有反映沦陷于异族痛苦的，有抒发回到本朝欢悦之情的，有歌颂人民的民族精神的，有表现征夫思妇的。题材广泛，感情真挚，风格清新刚健，语言朴素自然。

当词在民间广为流传的时候，也引起了文人们的注意和兴趣。他们逐步开始模仿民间歌曲而作新词，很快也为他们所掌握。早期的文人词，如韦应物的《调笑

令》，张志和的《渔歌子》，刘禹锡的《潇湘神》、《竹枝词》，白居易的《长相思》、《忆江南》等，都具有民间词清新自然的特质。至晚唐五代，这种新兴的文学样式，在文人手里，不仅没有在民间词的基础上加以提高，反而逐渐走上歧路。他们专在文字形式上下功夫，使词的体裁逐渐定型化，对后来的文人词固然产生过较大影响，但由于他们的创作是为了适应都市士大夫腐化生活的需求，大半拿它作为消遣娱乐的玩意儿，因而使词背离了民间词的健康发展方向，把词引进了一条死胡同，窒息了它的生命。正如鲁迅先生所说："歌，诗，词，曲，我以为原是民间物，文人取为已有，越做越难懂，弄得变成僵石，他们就又去取一样，又来慢慢地绞死它。……词、曲之始，也都文从字顺，并不艰难，到后来，可就实在难读了。"②以晚唐五代词人的代表作《花间集》为例，绝大部分是士大夫文人逃避现实，歌筵舞榭、茶余酒后的消遣工具；几乎千篇一律的是题材狭隘、内容贫乏、风格绮艳的靡靡之音。欧阳炯的《花间集序》说：

"杨柳"、"大堤"之句，乐府相传。"芙蓉"、"曲渚"之篇，豪家自制。莫不争高门下，三千玳瑁之簪。竞富樽前，数十珊瑚之树。则有绮筵公子，绣幌佳人，递叶叶之花笺，文抽丽锦；举纤纤之玉指，拍按香檀。不无清绝之辞，用助娇娆

> **之态。自南朝之宫体，扇北里之倡风。何止言之不文，所谓秀而不实。**

欧阳炯是花间派词人，深知花间词人的创作活动，富有这样的创作经验，因而对于他们的创作目的、作品渊源能够道尽无遗。后来，南宋爱国诗人陆游愤慨地指出："方斯时，天下岌岌，生民救死不暇，士大夫乃流宕如此，可叹也哉！或者亦出于无聊故耶。"③

北宋前期的词，较之晚唐五代，有的虽然带上了一种"典雅"的风度，但就其总的倾向来说，仍然是沿袭了花间词风。这期间，最有影响最有代表性的词人是晏氏父子、欧阳修和柳永。他们都长于作艳词，不脱花间窠臼。"欧阳公虽游戏作小词，亦无愧唐人《花间集》"④；"小山（晏几道）词字字娉娉袅袅，如挽嫱、施之袂，恨不能起莲、鸿、苹、云，按红牙板唱和一过。"⑤"在诸名胜中独可追步花间"⑥；柳永词"唯绮罗香泽之态，所在多有"⑦，"多杂以鄙语"⑧。所以后人说这一时期的词"咸本花间"⑨，其内容仍然是局限于男欢女爱、离愁别恨之情的吟咏，风格依然是浮艳绮靡的。

后来，苏轼"以诗为词"，打破了"诗庄词媚"的界限，开拓了词的境界，用它来表现多方面的生活内容。怀古咏史，感伤时事，田园山水，身世友情，等等，"无言不可入，无事不可言"⑩。这对词的发展应是一个积极

的贡献。胡寅在为南宋词人向子諲的《酒边词》写的题记中，高度评价苏轼的词：

> 及眉山苏氏，一洗绮罗香泽之态，摆脱绸缪宛转之度，使人登高望远，举首高歌，而逸怀浩气超然乎尘垢之外。于是，《花间》为皂隶，而柳氏为舆台矣。
>
> ——《题酒边词》

苏轼把词从“艳科”的藩篱下解放出来，使其取得与诗同等的地位，具有较前宽广得多的社会功能，其进步意义是不能低估的。但是，由于他政治思想的保守，致使当时的社会矛盾在其词中缺乏应有的反映，其词缺乏应有的政治性和现实性。加之当时苏轼人寡势孤，未成风气，不足以扭转词坛上的颓势，使词史上的这场革新未能进行下去。

北宋末年，宋徽宗置“大晟乐府”。由于最高统治者的提倡，“大晟乐府”里又出了周邦彦、万俟咏之类偏重形式的词人，推波助澜，把北宋前期从晚唐五代沿袭下来的这股形式主义逆流推向顶峰，使词继续沿着题材狭隘、内容贫乏、风格绮艳的歧路愈走愈远。当时，“如十三女子，玉艳珠鲜”[11]的美成词，“贵人、学士、市侩、妓女，皆知美成词为可爱”[12]，可见其影响之大。李清照的《词论》中所坚持的词“别是一家”的主张，应是当

时诗词分畛的传统意识、“诗庄词媚”的形式主义词风对词坛统治的反映。靖康之难前后，阶级矛盾、民族矛盾日趋加剧，要求一切文学样式担负起反映现实的责任，投入到抗敌斗争中来。而这样严重的政治斗争的任务，远不是柔弱无力的艳词所能完成的。在这种情况下，词的发展就面临着没落的危机，急需寻求新的出路，适应时代的要求。所以，如何不仅从形式上，而且更要从内容上，对词进行一番必要的变革与改造，面向社会，服务现实，以提高词的思想性，就是迫切需要解决的问题了。

在这种形势下，辛弃疾的创作实践，具有改变风气的意义。

在南宋，为投降派服务的“骚人墨客”，面对激烈的民族斗争，国家山河的破碎，人民的横遭屠杀，依然在那里吟风弄月，无病呻吟，热衷于离愁别恨的抒写，山水草木的描绘，以麻痹人们的神经，消磨人们的斗志。他们逃避现实，苟安偷生，为统治阶级粉饰现实。试举曾觌的一词以见一斑：

素飙飏碧，看天衢稳送，一轮明月。翠水瀛壶人不到，比似世间秋别。玉手瑶笙，一时同色，小按《霓裳》叠。天津桥上，有人偷记新阕。

当日谁幻银桥，阿瞒儿戏，一笑成痴绝。肯信

群仙高宴处，移下水晶宫阙。云海尘清，山河影满，桂冷吹香雪。何劳玉斧，金瓯千古无缺。

——《壶中天慢》

这首词谀颂高宗孝宗父子在德寿宫中秋宴会的盛况，反映了皇家生活的豪奢。这班逃避现实的文人，经常来往于豪门贵家，又结为诗社词社，彼此酬唱，使词退回到《花间》、《尊前》“浅斟低唱”的老路。对他们，陈亮斥之为“风痹不知痛痒之人”⑬。当时有一个表示有“自负澄清志”的文及翁，写了一首词，谴责他们在这种局势下，还寄情花草，自命清高，置国家前途民族命运于不顾：“借问孤山林处士，但掉头笑指梅花蕊。天下事，可知矣。”⑭

辛弃疾在政治上力主抗战，反对妥协投降，对这些“风痹不知痛痒之人”，自然是深恶痛绝，并予以辛辣的讽刺与嘲笑：“老无情味到篇章，诗债怕人索。却笑近来林下，有许多词客。”（《好事近·和城中诸友韵》）予以尖锐斥责与质问：“今古恨，几千般，只应离合是悲欢？江头未是风波恶，别有人间行路难。”（《鹧鸪天》）对他们进行无情地鞭笞与挞伐：

几个相知可喜，才厮见、说山说水。颠倒烂熟只这是。怎奈向，一回说，一回美。　有个尖新底，说底话、非名即利。说得口干罪过你。

且不罪，俺略起，去洗耳。

——《夜游宫·苦俗客》

词人以明快朴素而又辛辣犀利的民间语言，绘声绘色地描绘了一个专事夸夸其谈不问国事而又追逐名利的“俗客”的丑恶形象。这实际上揭露了那些逃避现实、粉饰现实的词客的反动和虚伪。

在批判的同时，辛弃疾以自己的创作实践，一洗《花间》、《尊前》的靡靡之音，“于剪翠刻红之外，屹然别立一宗”，创造了“异军突起”⑮的稼轩词，使其服务于抗战中兴，起着打击敌人、鼓舞战士的作用。

词人首先着眼于词的内容，努力扩大词的题材，提高词的思想性。与前代的词人不同，他有壮阔的战斗生活，进步的政治理想，这就决定了他不同于其他词人的文学创作道路。他视词为一种独立完整的文学，认为它可以抒写一切思想感情，可以反映一切生活现实，它原不是“诗之余”。他的词中，无论吊古伤时，谈禅说理，谈政治，写山水，讲军事，发牢骚，抒感慨，无所不有。尤其可贵的是，它充分反映了民族斗争这一尖锐主题，对南宋的投降主义集团，进行了淋漓尽致的揭露和有力的抨击与批判，集中表达了自己收复失地、统一祖国的迫切愿望。所以，他的作品具有强烈的政治性和战斗性，充满了澎湃的爱国热情和高昂的战斗精神，不仅大大超

越了他的前辈词人，为他们所不可企及；同时，他的成就与贡献，和文学史上的其他大诗人相比，也可以并驾齐驱。

内容决定形式，形式服务于内容。辛词中那广泛的社会生活，远不是被各种清规戒律束缚起来的旧形式所能表现的。鲁迅先生说过："旧形式是采取，必有所删除，既有删除，必有所增益，这结果是新形式的出现，也就是变革。"⑯在激烈的民族斗争中，为了适应抒爱国之情、言抗战之志的需要，辛弃疾冲破旧框框的束缚，对词的艺术形式进行了大胆的革新，从而创造了新形式的词，使他的词表现出一种自由豪放的精神。他的学生范开说："其词之为体，如张乐洞庭之野，无首无尾，不主故常；又如春云浮空，卷舒起灭，随所变态，无非可见。无他，意不在于作词，而其气之所充，蓄之所发，词自不能不尔也。"⑰

打破诗、词、散文的畛域，使三者达到合流的形态，这是辛弃疾对词的艺术形式的主要变革。前人论宋词说："东坡为词诗，稼轩为词论，善评也。"⑱这是说苏轼以诗为词，辛弃疾以文为词。辛弃疾不仅用作诗的方法作词，而且更进一步，用散文的某些表现方法作词。这就为词开拓了崭新的境界。如："凡病此，吾过矣，子奚如？""往问北山愚，庶有瘳乎。"（《六州歌头·病小愈，困卧无聊，戏作以自释》）"恨之极，恨极销磨不得。""郑人

缓也泣：吾父，攻儒助墨。十年梦，沉痛化余，秋柏之间既为实。”（《兰陵王·赋词以识梦中之异》）“池上主人，人适忘鱼，鱼适还忘水。”“噫，子固非鱼，鱼之为计子焉知。河水深且广，风涛万顷堪依。”（《哨遍·题鱼计亭》）“仲尼去卫又之陈，此是乘车穿鼠穴。”（《玉楼春·乐令谓卫玠语》）都是用的散文句法和词语。最为典型的要算他那两首写戒酒的词，这里试举一首为例：

杯汝知乎？酒泉罢侯，鸱夷乞骸。更高阳入谒，都称虀臼；杜康初筮，正得云雷。细数从前，不堪余恨，岁月都将曲蘖埋。君诗好，似提壶却劝，沽酒何哉。

君言病岂无媒。似壁上、雕弓蛇暗猜。记醉眼陶令，终全至乐；独醒屈子，未免沉菑。欲听公言，惭非勇者，司马家儿解覆杯。还堪笑，借今宵一醉，为故人来。

——《沁园春·城中诸公载酒入山，遂破戒一醉》

这首词通过写自己想戒酒，又想破戒的矛盾心理，来发泄自己政治上失意的牢骚。上片一方面反复强调自己决心戒酒，悔恨自己把岁月都消磨在饮酒之中，另一方面又说朋友们的诗太好，好像又在劝自己饮酒。下面说，你们劝我不要怀疑酒会致病，其实是另有病因。我想听

你们的劝告，破戒饮酒，又惭愧自己不是有勇气戒酒的人，还不如司马睿一次覆杯，便永远不饮。可笑得很，为了老朋友，今天就醉饮一夜吧！通篇都是散文化的语言。和封建社会其他知识分子一样，辛弃疾在贬居之后，也经常以醉酒来发泄自己对妥协投降集团的不满。但这样的生活内容，这样的思想感情，用旧的艺术形式是无法表现的。他以散文化的语言，表现这样的思想内容，十分新颖生动。这样的大胆创新，在以前是极罕见的。所以，有的抱着传统观念的词话家难以欣赏这种崭新的艺术形式，不能理解辛弃疾革新与创造的意义，批评这类作品“非词家本色”⑲，这些散文化的作品虽然不是他的代表作，但这对解放词的艺术形式毕竟是有益的。

词人读书广博。他善于驱遣古书中的语句，融化吸收前人的文学语言入词，表达自己在抗金斗争中的各种生活内容和思想感情，服务于抗金战争。在他的笔下，经、史、子、集、楚辞、世说中的语句，经常成为他创作的语言材料，都能十分准确贴切地表达思想内容，并“无一点斧凿痕”⑳，这显示出词人在词的艺术形式上的创造。

他常化用儒家语录，以发泄自己的牢骚不满。如“乐天知命。古来谁会，行藏用舍？人不堪忧，一瓢自乐，贤哉回也。料当年曾问：饭蔬饮水，何为是，栖栖者？”（《水龙吟·题瓢泉》）这是化用《论语》语句，表

示自己对宦游生活的厌倦，对自己不得志的愤慨。又如：

进退存亡，行藏用舍。小人请学樊须稼。衡门之下可栖迟，日之夕矣牛羊下。　去卫灵公，遭桓司马。东西南北之人也。长沮桀溺耦而耕，丘何为是栖栖者？

——《踏莎行·赋稼轩，集经句》

全词几乎完全化用《论语》中的语句写成，热情歌颂了向孔丘“请学稼”的樊须（迟），批判了“四体不勤，五谷不分”的孔子，表现了辛弃疾的重农思想。词人既是“赋稼轩”，自然会想到“请学稼”的樊须，也自然会想到大骂樊须为小人的孔丘。

词人特别喜欢用南北朝人的语言。这有他历史的和时代的原因。《南乡子·登京口北固亭有怀》中的“天下英雄谁敌手？曹、刘，生子当如孙仲谋！”用的是《三国志》中曹操的话，来歌颂孙权，表达自己对当时朝政的不满。《贺新郎·邑中园亭，仆皆为赋此词》中的“不恨古人吾不见，恨古人不见吾狂耳”，是用《南史》张融语。“我见青山多妩媚，料青山见我应如是”，则是模仿南朝人语。《永遇乐·京口北固亭怀古》中的“赢得仓皇北顾”，是融化《宋书》中宋文帝诗句，等等。南宋偏安江左，政治形势与南朝相同，所以南宋人的感慨，也与南朝人相近。词人把南朝人的语句，加以融化改造，用

于词中，增强了作品的表现力。

《楚辞》的语句也常出现在辛词中。词人对屈原、对他的作品，充满了缅怀之情。他有时说“我亦卜居者，岁晚望三闾”，有时又说：“手把《离骚》读遍，自扫落英餐罢”。其用《楚辞》语句如《醉翁操》中的“人心与吾兮谁同”是化用《楚辞·九章·哀郢》中的诗句，“湛湛千里之江，上有枫”是化用《楚辞·招魂》中的诗句，“望君之门兮九重”是化用《九辩》中的诗句。《水调歌头·壬子三山被召》中的“余既滋兰九畹，又树蕙之百亩，秋菊更餐英”系化用《离骚》中的诗句。《玉蝴蝶·追别杜叔高》中的“向空江谁捐玉佩”和“寄离恨应折疏麻”是化用《九歌·湘君》和《九歌·大司命》中的语句。词人大量化用《楚辞》中的语句，是因为词人和屈原的理想、身世、处境有着惊人的相似之处。

以历史故事和历史人物写词，是辛词在艺术表现形式上的又一变革和创造。怀古、咏史，本是我国古代诗歌的传统形式。但是，已如前述，在晚唐五代和北宋前期的词坛上，诗词严分畛域，诗歌的表现形式是不允许进入词的领域的。李清照批评苏轼的词的“皆句读不葺之诗”㉑就说明这种情况。辛弃疾则冲破这种传统意识的束缚，把怀古和咏史作为宣传抗战，反对妥协投降的重要手段。他那脍炙人口的怀古词《永遇乐·京口北固亭怀古》用了孙权、刘裕、廉颇、刘义隆四人的故事。用

前三人的故事，充分表达了自己的抗战热情和杀敌报国的雄心壮志；用刘义隆的故事，则很有说服力地表示了自己对开禧北伐的看法。词人或表示自己不能忘情国事，或表示对投降派不满，反复用张季鹰的故事："秋晚莼鲈上，夜深儿女灯前。"（《木兰花慢·滁州送范倅》）"休说鲈鱼堪脍，尽西风，季鹰归未?"（《水龙吟·登建康赏心亭》）"闻道莼鲈正美，休裂芰荷衣。"（《水调歌头·和王正之右司吴江观雪见寄》）"意倦须还，身闲贵早，岂为莼羹鲈脍哉。"（《沁园春·带湖新居将成》）"故人书报：莫因循忘却莼鲈。"（《汉宫春·会稽秋风亭观雨》）张翰，字季鹰，晋朝人，其事出于《世说新语·识鉴》："张季鹰辟齐王东曹掾，在洛，见秋风起，因思吴中菰菜莼羹，鲈鱼脍，曰：'人生贵得适意尔，何能羁宦数千里以要名爵。'遂命驾便归。"词人用这个历史故事表现了自己不同的思想感情。

词人用人们熟知的历史故事、历史人物言志抒情，不仅易为人们理解，且深刻有力，收到了很好的艺术效果。如他表示杀敌报国、为国捐躯的决心常用女娲炼五色石以补天的故事，用汉朝马援请击匈奴、誓死边野，以马革裹尸的故事，常用宝剑干将、莫邪的神话故事；他表示自己要为国建立功业的雄心壮志常用孙权、刘裕、诸葛亮、谢安的故事；他批判南宋妥协投降集团的误国行为常用晋朝清谈家王衍的故事，用王昭君出嫁匈奴的

故事，用刘邦凭借汉中一隅之地建立帝业的故事；他表达自己请缨无路、壮志不酬的愤慨则常用“汉开边，功名万里”的李广不得封侯的故事，用不甘寂寞、伤时而哭的贾谊的故事，用马周的故事，等等。词人博览群书，胸有万卷，历史上的一人一事信手拈来，辄赋成篇。这并不是他故意逞其博学，而是表意的需要，创新的需要。所以，有的人说他的词“有英雄语，无学问语”㉒。南宋爱国词人刘辰翁说：“词至东坡，倾荡磊落，如诗如文，如天地奇观，岂与群儿雌声学语较工拙；然犹未至用经用史，牵雅颂入郑卫也。自辛稼轩前，用一语如此者必且掩口。及稼轩横竖烂漫，乃如禅宗棒喝，头头皆是；又如悲笳万鼓，平生不平事并卮酒，他觉宾主酣畅，谈不暇顾。词至此亦足矣。”㉓但有的作品用典过多过辟，被人称为“掉书袋”，不能不说是一弊。但从整体来说，它打破晚唐五代词的旧框框，还是应当肯定的。

打破典雅的旧框子，大量提炼民间口语入词，是辛弃疾革新词风的重要表现之一。运用口语，原是敦煌民间词的本色。但花间词人不仅从内容上，也从语言形式上把词引上了士大夫的窄路，北宋基本上沿着此路向下滑去。柳永用俗语，是以士大夫的身份用市民语言填词，而不是真正的人民口语。至李清照才有意识地提炼和运用口语入词，创造了浅俗易懂的语言风格。但她生活面狭窄，限制了她的成就。只有到辛弃疾才大量运用民间

语汇，表达其抗战报国的思想感情，反映其广阔的生活内容，使词的艺术形式反映社会生活，更趋自由，更加不受旧框框的限制。如：

散发披襟处，浮瓜沉李杯。涓涓流水细侵阶。凿个池儿，唤个月儿来。　　画栋频摇动，红蕖尽倒开。斗匀红粉照香腮。有个人人，把做镜儿猜。

——《南歌子·新开池戏作》

千峰云起，骤雨一霎儿价。

——《丑奴儿近·博山道中效李易安体》

走去走来三百里，五日以为期。六日归时已是疑，应是望多时。　　鞭个马儿归去也，心急马行迟。不免相烦喜鹊儿，先报那人知。

——《武陵春》

些底事，误人哪。不成真个不思家。娇痴却妒香香睡，唤起醒松说梦些。

——《鹧鸪天》

这些作品如置于敦煌民间词中，也应算上乘之作。张炎《词源》论辛词，指责它只是“于文章余暇，戏弄笔墨”的东西，不算是雅词，就是从传统意识出发，反对辛词的语言通俗化。

词人早年战斗在农民义军队伍中，南渡后又有二十

余年闲居农村，与民间保持着联系。这样深厚的生活基础，不仅对他进步的世界观的形成起着决定作用，而且对于他进行艺术创作，也是取之不尽的源泉。他之所以在运用、提炼民间口语方面，取得较之前人都大得多的成就，与他有这样的生活基础是密切相关的。

列宁指出："判断历史的功绩，不是根据历史活动家没有提供现代所要求的东西，而是根据他们比他们的前辈提供了新的东西。"㉔辛弃疾对词风的革新，为词的发展都提供了许多新的东西。他把这种专供达官贵人消遣娱乐的玩物，改造成为服务于民族斗争的武器；由于他的努力，使人们视为"小道"的词，提高到与诗、文同体的位置上来。在自己大胆创新、努力实践的同时，他还团结了一批志同道合的词人，如陆游、陈亮、韩元吉、刘过等人，共同努力，共同实践，不仅使词风为之一变，也使词的创作出现了繁花似锦的局面，成就了词史上前所未有的业绩。前人说"词至南宋集大成"，虽然主要着眼于艺术形式，但我们从内容和形式两方面看，这评价也不无道理。因之，辛弃疾继苏轼之后对词风的变革，与北宋欧阳修等人进行的诗文革新运动具有同等重要的意义。

①《梦溪笔谈》卷五。

②《给姚克的信》，《鲁迅全集》第十卷。

③《跋花间集》。

④ 罗大经《鹤林玉露》。

⑤ 毛晋《小山词跋》。

⑥ 陈振孙《直斋书录解题》。

⑦ 刘熙载《艺概》。

⑧《历代诗余》引孙敦立语。

⑨ 严沆《古今词选序》。

⑩ 刘熙载《艺概》。

⑪ 彭孙遹《金粟词话》。

⑫ 陈郁《藏一话腴》。

⑬《陈亮集·上孝宗皇帝第一书》。

⑭《贺新郎》。

⑮《四库全书总目提要·稼轩词提要》。

⑯《论“旧形式的采用”》《鲁迅全集》第六卷。

⑰《稼轩词》序。

⑱ 毛晋《稼轩词跋》。

⑲ 刘体仁《七颂堂词绎》。

⑳《词林纪事》引。

㉑《词论》。

㉒ 周济《介存斋论词杂著》。

㉓《辛稼轩词序》。

㉔《评经济浪漫主义》,《列宁全集》第二卷。

十四、英雄高唱英雄歌

像我国文学史上的其他优秀诗人一样，辛弃疾对国家的前途和民族的命运，怀抱着深情的关切和如焚的忧心；在其作品中，充分反映了民族斗争这一尖锐主题，集中抒发了他那炽热深厚的爱国情怀，突出表现了他奋发昂扬的战斗精神。他又与其他优秀诗人不同，他有叱咤风云的战斗经历，创造过令“懦士兴起”，“天子三叹息”的英雄业绩。他不是一般的词人，他是以英雄的身份写词，他的词“有英雄语，无学问语”①，是英雄唱出的英雄歌。前人有一段评论接触到其作品的这些内容：

> 辛稼轩当弱宋末造，负管、乐之才，不能尽展其用，一腔忠愤，无处

发泄；观其与陈同甫抵掌谈论，是何等人物！故其悲歌慷慨，抑郁无聊之气，一寄之于其词。

——《词苑丛谈》引

以下试从几个主要方面对辛词的思想内容加以分析和论述。这些方面，往往是互相联系着，并且有时是交织在同一作品中，难以截然区分的。这里的分别论述，只是为了理解的方便。

缅怀“西北神州”

在国家山河破碎、民族危难之际，辛弃疾站在民族的立场上，反对南北分裂，渴望国家统一，对国事表示深切的关注。

地处黄河流域的北方，是辛弃疾的故乡，也是中华民族的发源地。词人在青少年时代曾目睹女真贵族掠夺者对北方大好河山的蹂躏与践踏，对于沦陷了的北方故土，他总是日思夜想，不胜缅怀：

我来吊古，上危楼，赢得闲愁千斛。虎踞龙盘何处是？只有兴亡满目。柳外斜阳，水边归鸟，陇上吹乔木。片帆西去，一声谁喷霜竹？

——《念奴娇·登建康赏心亭，呈史留守致道》

词人经常登高眺望，寄托自己对沦陷区的怀念之情。这

次，他为了吊古伤时，又登上建康城头的赏心亭。当他放眼远眺北方沦陷区时，触发了自己心头郁结的苦恼，以致使他“赢得闲愁千斛”，为北方的失地而郁郁寡欢。“钟山龙盘，石头虎踞”的建康城在哪里呢？眼前看到的只有历史上许多朝代南迁定都建康时的陈迹。这一问一答，包含着词人多么深沉的家国兴亡之感啊！那“斜阳”、“归鸟”、“片帆”、“霜竹声”等景物，不仅渲染了一种凄凉的艺术境界，使这种感情更加深化，并且寄托着词人对国势危殆的忧虑和对北方故土的眷念。词人不断地翘望长安：“回首长安何处，怕行人归晚。”（《好事近·送李复州致一席上和韵》）

甚至醉里他还要“重揩西望眼”：“醉里重揩西望眼，唯有孤鸿明灭。万事从教，浮云来去，枉了冲冠发。”（《念奴娇·瓢泉酒酣，和东坡韵》）

词人怀念故土的心情是如此急切：“长安故人问我，道愁肠殢酒只依然，目断秋霄落雁，醉来时响空弦。”（《木兰花慢·滁州送范倅》）

词人不仅自己不能忘情于北方失地，并且还提醒人们时刻想着沦于敌手的“西北神州”：

征埃成阵，行客相逢，都道幻出层楼。指点檐牙高处，浪涌云浮。今年太平万里，罢长淮，千骑临秋。凭栏望：有东南佳气，西北神州。

千古怀嵩人去，还笑我，身在楚尾吴头。看取弓刀，陌上车马如流。从今赏心乐事，剩安排酒令诗筹。华胥梦，愿年年人似旧游。

——《声声慢·滁州旅次登奠枕楼作，和李清宇韵》

滁州，地处淮南，经常是宋金交战的战场，被南宋投降集团视为“边陲”之地。词中告诫人们：在宋金万里交界线上，今年虽太平无战事，一向多事的淮河流域也停止了战争，但在凭栏眺望的时候，可不能忘记东南佳丽地的安全和沦陷区西北神州的恢复。被贬官滁州的唐朝人李德裕因为怀归嵩洛（指中原），曾在这里建怀嵩楼，他虽早已死去，大概还在笑我身处“楚尾吴头”的滁州。这里“笑”的并不局限于词人自己，而是也指偏安东南的整个统治阶级，实际上表示了对偏安局面的不满，对地处中原的嵩洛的怀念。

对于新被任命为江西安抚使的施与点，辛弃疾则以“贱子亲再拜：西北有神州”（《水调歌头·送施枢密圣与帅江西》）为临别赠言，提醒他不要忘记北方沦陷区。

词人对北方故土的这种深情怀念，有时采用非常委婉曲折的方式表达出来：

宝钗分，桃叶渡，烟柳暗南浦。怕上层楼，十日九风雨。断肠片片飞红，都无人管，更谁劝、

啼莺声住。　　鬓边觑，试把花卜归期，才簪又重数。罗帐灯昏，哽咽梦中语：是他春带愁来，春归何处，却不解、带将愁去。

——《祝英台近·晚春》

表面看来，这是一首闺怨词，其实不然。《蓼园词选》认为它“必有所托”。寄托了什么呢？词中借写闺怨，寄托了自己的政治感慨。在我国文学史上，从《诗经》、《楚辞》以来，本来就有用香草美人、男女爱情寄托政治感慨的传统手法。辛弃疾继承和发展了这种传统，也用这一手法抒发了自己在抗金斗争中的思想感情。上片首先用宝钗两股之分开、王献之送爱妾桃叶过渡口、送美人至南浦的典实，写一对情人分别时的情景。实际是在写词人的南渡，表示词人离别“情人”时的依依不舍的深情。这“情人”是北方沦陷区，是沦陷区的人民。本来他是可以登上高楼，眺望自己不胜怀念的北方大好河山，眺望“情人”的。但是，他作为“归正人”，常被猜疑，不受重用；他又力主抗战，与最高统治集团大相悖逆，辄遭忌恨。所以，他又“怕上层楼”，使他感到政治上就像大自然的气候一样，“十日九风雨”，经常要受到“风雨”的袭击。这就写出了他与“情人”分别后在南方的凄苦遭遇，表达了他“上楼”不得、思亲无门的苦闷。晚春落花、啼莺的景象，更激起了词人悬念北方亲人的

满腹幽怨。下片以奇特的构思，想象着他的“情人”如何想念他——她偷偷地看着鬓边戴的花儿，又把花儿取下来，一次又一次地数着花瓣，占卜离人归来的日期。结果是一次一次地占卜，一次一次地落空失望。北方“情人”真是望眼欲穿，在夜深灯昏之际，在梦中呜咽不出声来。词人好像又听见她哭诉：“我总希望春天能够团聚，可是过去的春天离人没有回来，春天只给我带来了愁怨。今年春天来了，离人还是没有回来；现在春又要归去了，却带不走我的愁怨”。寥寥数句梦中语，沦陷区人民盼望统一的心情得到了淋漓尽致的表现。分明是词人思亲，却不写自己如何思亲，而设想他的“情人”如何思念他。这种构思方法在文学史上也屡见不鲜。如杜甫的《月夜》，本来是他想念妻子，却反写他的妻子如何想念他：“今夜鄜州月，闺中只独看，遥怜小儿女，未解忆长安。香雾云鬟湿，清辉玉臂寒。何时倚虚幌，双照泪痕乾？”辛弃疾用其“情人”的思亲，更加深刻地抒发了他渴望祖国早日统一的思想感情。所以，实际上它是一首政治诗。

南宋的抗战军民日复一日、年复一年地思念着沦陷区和沦陷区人民，盼望着收复失地。可是，南宋的最高统治集团却只图眼前的安逸，不顾国家山河破碎，退避江南一隅以苟且偷安。他们“穷边指淮淝，异域视京洛”②，早就把北方沦陷区弃置不顾了。

对于这种偏安局面，辛弃疾是极其愤慨的。他在词中进行了彻底揭露和愤怒谴责：

汉中开汉业，问此地，是耶非？想剑指三秦，君王得意，一战东归。追亡事，今不见，但山川满目泪沾衣。……

——《木兰花慢·席上送张仲固帅兴元》

作品首先从张仲固赴任的汉中（兴元）落笔，指出汉中曾是汉朝建立帝业的基地。在与项羽进行的楚汉战争之初，刘邦虽处劣势，却能奋发图强，凭借汉中一隅之地，东进打垮三秦王（章邯、司马欣、董翳），战胜强敌，完成统一全国的大业。无疑，这和南宋的投降派偏安江南一隅，不图恢复，形成了鲜明的对照。显然，词人颂汉的目的是非宋。接着，用"追亡事，今不见"更直接指出宋不如汉，点明南宋朝廷不重视有才能的抗战志士，是其不能成就统一事业的关键。

淳熙三年（1176），辛弃疾任江西提点刑狱时，在造口（在今江西省万安县西南）怀古，写了一首沉痛的小令，愤慨的感情是大为强化了：

郁孤台下清江水，中间多少行人泪。西北望长安，可怜无数山。　青山遮不住，毕竟东流去。江晚正愁余，山深闻鹧鸪。

——《菩萨蛮·书江西造口壁》

关于这首怀古小令的创作，历史上有这样一段记载：“南渡之初，虏人追隆祐太后御舟至造口，不及而还。幼安自此起兴。”③于是，作品把读者带回到四十多年前战火纷飞的时代。宋高宗建炎三年至四年（1129—1130），金兵分两路渡江南犯。东路军陷建康、临安，迫使高宗逃至明州，后又“放散百官”④逃至海上。西路由湖北进军江西，沿赣江追隆祐太后（即宋哲宗的孟后，高宗的伯母）。金兵一直追至赣州的造口，没有追上才收兵。赣西、湘东一带受到金兵袭扰，烧杀抢掠，惨不忍睹。据记载，“金人屠洪州，先是金帅乌玛喇太师留洪州月余，取索金银宝物百工技艺之属皆尽”⑤，“完颜宗弼自盘门入平江，驻兵府治，卤掠金帛子女既尽，乃纵火燔城，烟焰见百余里，火五日乃灭”⑥。作品对这段史实并未直接提及。但是，词人从郁孤台下的赣江水，很自然地想到四十年前金人追隆祐太后的往事，想象到江水里还流着那时逃难者的眼泪。“西北望长安，可怜无数山”，指出了北方沦陷区仍然没有收复，仍然可望不可即。想到这里，心情是多么沉痛啊！这流露了词人对南北分裂，沦陷区长期不得收复的强烈不满。下片一方面写江水胜利地东流，表示他对收复失地并未灰心；另一方面，写鹧鸪“行不得也”的叫声，表示统一事业困难重重。词人所追求的统一事业之所以“行不得”，是因为南宋的投降集团心安理得于偏安江左，无意于恢复之事。因此，这鹧鸪的叫声隐含着词人对偏安局面

的抨击，抒发了词人的愤慨。卓人月说它“忠愤之气，拂拂指端”⑦，是有一定道理的。

在这种长期的偏安局面之下，国势自然要日益衰颓，灭亡之势与日俱增。词人对此至为关切：

更能消几番风雨，匆匆春又归去。惜春长怕花开早，何况落红无数。春且住。且说道天涯芳草无归路。怨春不语。算只有殷勤，画檐蛛网，尽日惹飞絮。

——《摸鱼儿·淳熙己亥，自湖北漕移湖南，同官王正之置酒小山亭，为赋》

词中寄托了词人对国势危殆的深切忧虑。开头两句提出问题，表示词人对国势危殆的殷忧。在投降主义集团统治下，国家还能经得起几番风雨的折磨呢？又一个春天匆匆归去了，春天是万物欣欣向荣的季节。“春去”暗喻国势的危殆，由于“春去”，词人便产生了“惜春”、“留春”、“怨春”的感情。在尖锐复杂的抗金斗争中，抗战志士需要珍惜时光，去力挽狂澜，实现统一国家的理想。但是，词人南渡以来，十几个春天过去了，北方的土地还是被女真贵族占领着，总是希望“春光”留住，可是“春光”总是留不住。词人只得无可奈何地“怨春不语”，怨春悄悄地溜去。虽然有檐边的蛛网好心好意地把晚春那纷纷扬扬的柳絮沾住，但“春光”还是留不住。词人瞻念国家的前

途民族的命运，真是忧心如焚啊！

词人十分重视谍报工作，经常注意搜集敌人的情报，并根据情报提出自己对抗金斗争的意见：

新来塞北，传到真消息：赤地居民无一粒，更五单于争立。　　维师尚父鹰扬，熊罴百万堂堂。看取黄金假钺，归来异姓真王。

——《清平乐》

词人得到准确的消息：女真贵族统治区赤地千里，颗粒不收，统治阶级内部正争权夺利，互相残杀。他高兴地认为，女真贵族政权内部的混乱，给南宋出击作战、收复失地造成了极好的战机。他郑重地建议南宋朝廷，应抓住战机，认真地组织北伐，收复“西北神州”。

从抗战的立场出发，词人是渴望北伐，渴望收复“西北神州”的。但对于缺乏充分准备，可能招致重大损失的北伐，他又采取坚决反对的态度：“元嘉草草，封狼居胥，赢得仓皇北顾。”（《永遇乐·京口北固亭怀古》）当时，韩侂胄与赵汝愚争权，韩排斥了赵，执掌政权，决定要通过北伐建立“盖世功名”，巩固自己的地位。辛弃疾反对这种草率的北伐，认为这会招致惨败。词人警告韩侂胄要接受刘义隆“仓皇北顾”的历史教训。元嘉年间，南朝宋文帝刘义隆（刘裕的儿子）曾派王玄谟率军北伐，企图像汉武帝时的大将霍去病打败匈奴一样，直追到狼居胥山，在

山上筑坛祭天，庆祝胜利。但由于他们好大喜功，缺乏充分准备，“草草”出兵，结果北伐惨败，国势衰颓不振。历史是现实的一面镜子。这个典故真实地照出了韩侂胄北伐的冒险性，也表现了词人对抗战的正确看法和密切的关注。

自誓“马革裹尸”

辛弃疾不是“但欲口击贼”⑧的口头抗战派，而是一员切望战斗的战士。他的学生范开说他平生“以气节自负，以功业自许”⑨，他立志要在这一火热的斗争中，杀敌报国，建功立业，表现出一种积极进取的精神和高昂的战斗热情。这种抗战的激情，广泛地表现在他的作品中间。

真正的战士，总是斗志旺盛，热情洋溢，抱定为国战死疆场的决心与勇气。在青少年时期，他就具有“横槊气凭陵”（《念奴娇·双陆，和陈仁和韵》）的英雄气概。南渡以后，词人经常地反复不断地向最高统治者请战，要求他们给他以杀敌的机会，表达他为国献身的强烈愿望。

举头西北浮云，倚天万里须长剑。人言此地，夜深长见，斗牛光焰。我觉山高，潭空水冷，月明星澹。待燃犀下看，凭栏却怕，风雷怒，鱼龙惨。

——《水龙吟·过南剑双溪楼》

词人登上双溪楼不是欣赏秀丽的南国风光，而是遥望沦陷的北方河山。他用浮云蔽日比喻女真贵族对北方的黑暗统治，表示要用倚天万里的长剑去消灭敌人，澄清尘埃。词人站在剑溪之滨不为剑溪的胜景所陶醉，而是幻想取出传说中剑溪中的干将、莫邪的神剑去杀敌。可是，当词人鼓足了杀敌的勇气，“燃犀下看”的时候，却又忧心忡忡，担心南宋朝廷中“风雷”、“鱼龙”般的投降派干扰和破坏，使其杀敌的志向无法实现。

为了杀敌报国，词人立誓要在抗金战争中英勇作战，战死沙场，为国建立功勋：“马革裹尸当自誓。”（《满江红》）《后汉书·马援传》说：“方今匈奴乌桓尚扰北边，欲自请击之。男儿要当死于边野，以马革裹尸还葬耳，何能卧床上在儿女子手中邪！”汉朝的主要边患是匈奴，南宋的主要边患是金。词人借用马援请战匈奴，誓死保卫边疆的事迹，表达自己杀敌报国的决心，十分贴切。南宋爱国诗人陆游的“男儿堕地志四方，裹尸马革固其常”⑩，借用了同一个典实，表达了与辛弃疾共同的抗战立场，相同的远大志向。

到抗金战场上去，带兵杀敌，成了辛弃疾的最高理想。南渡四十多年，他梦寐以求的就是渴望能指挥百万雄师，跃马挥戈，奔赴战场，杀个淋漓酣畅，为国建立功业。他甚至在睡梦之中，还在指挥抗金部队英勇杀敌。他寄陈亮的一首词，表达了这种雄心壮志：

醉里挑灯看剑，梦回吹角连营。八百里分麾下炙，五十弦翻塞外声。沙场秋点兵。　马作的卢飞快，弓如霹雳弦惊。了却君王天下事，赢得生前身后名。可怜白发生。

——《破阵子·为陈同甫赋壮词以寄之》

这首词题为“壮词”，的确是名副其实的。壮就壮在它形象地描绘了抗金部队的壮盛军容，豪迈意气，道出了英雄的一片壮心。词的开头情景交融，不胜感慨：英雄的战士最喜爱杀敌的武器。英雄在醉酒的情况下，唯一没有忘怀的是拨亮灯火，深情地端详着心爱的宝剑。为什么要“挑灯看剑”？因为剑已经闲置很久了，英雄迫切希望它在抗战杀敌中发挥应有的作用。在迷离恍惚的醉态中，英雄进入了梦境——各军营里连续响起了雄壮的号角声，这正是召唤战士出征杀敌的信号。接着一再渲染军中的战斗气氛：部队有充足的给养，豪迈的英雄，与战士们同苦，共食“八百里炙”（烤牛肉）；军乐队又奏出了雄壮的战歌，以鼓舞斗志。这时，指挥作战的将军，前来检阅军队了。雄壮威武的阵容，写得栩栩如生。下片连用两个比喻，进一步描绘抗战英雄的形象：据《世说新语》记载，刘备遇危难，走渡襄阳城西檀溪水中，溺不得出，他骑着“的卢”马一跃三丈，脱离险境。后来便常用“的卢”来形容善战的良马。霹雳，比喻弓弦的响声如雷。英雄正骑着这

种善战的良马，用着很有力量的弓，驰骋战场，英勇杀敌。这个英雄形象正是“以功业自许”的词人的化身。他早年是耿京抗金义军的掌书记，是抗金部队的领导者之一。这样的战斗生活的实践，是这首词的创作基础。“了却君王天下事，赢得生前身后名”，道出了英雄的理想，使词的感情沸升到最高点。他之所以那样艰苦卓绝地战斗，原来是为了在统一祖国、收复失地的斗争中，建立一番不朽的功业。“可怜白发生！”又从感情的最高点一下跌落下来，倾吐出他的全部感慨，揭示了理想与现实的尖锐对立。

词人又把杀敌报国、整顿乾坤为自己的最终奋斗目标：“待他年，整顿乾坤事了，为先生寿。”（《水龙吟·甲辰岁寿韩南涧尚书》）

杀敌报国的强烈愿望，建功立业的雄心壮志，不仅以直抒胸臆的方式表现出来，而且还以多种多样的方式表现在他的作品中。

辛弃疾早年做农民抗金义军领导人时没有留下什么作品。然而，那段时间不长的战斗经历，在词人看来，却是很宝贵、很值得纪念的。所以，在南渡后那些漫长岁月里，尤其陷入理想无法实现的极度苦闷之中时，词人年轻时率领农民义军与敌人奋战的雄壮情景，便经常出现在他的美好回忆中，从而表现了他杀敌的迫切要求。

落日塞尘起，胡骑猎清秋。汉家组练十万，列

舰耸层楼。谁道投鞭飞渡，忆昔鸣髇血污，风雨佛狸愁。季子正年少，匹马黑貂裘。

——《水调歌头·舟次扬州，和杨济翁、周显先韵》

作品由“舟次扬州”起兴，追忆词人二十三岁时，金主完颜亮南犯失败时，他奉耿京之命南渡的壮举。绍兴三十一年（1161）秋，金主亮发动大规模南犯，占领了扬州，并妄图以扬州为桥头堡渡江南犯。后经采石之战，被虞允文指挥宋军击溃，金主亮为其部下所杀，结束了这次掠夺战争。十七年后，词人同友人经过扬州时，不免抚今忆昔，写下了这首名作。词的开首即点出金主亮1161年秋发动的战争，“落日”二句先从遥远的边塞写起，描绘了敌人气势汹汹，发动大规模掠夺战争的情景，揭露了这次战争的非正义性。接着由远及近，写到扬州。“汉家”二句写战火烧到扬州时的情景，女真贵族发动的掠夺战争，遭到了汉族抗金军民的坚决抗击。威武精锐的部队，如高楼耸立的战舰，正严阵以待，准备迎战。从长远观点看，正义之师是不可战胜的。“谁道”三句用历史上的战例说明狂妄的掠夺者在敢于斗争的军民面前都落得可耻的下场。太元八年（383），前秦苻坚强征各族人民，组成九十万军队，大举南下。他骄横自恃，扬言“以吾之众旅，投鞭于江，足断其流”，企图一举灭晋。结果被谢安的八万正义

之师大败于淝水。另据《史记·匈奴列传》记载，匈奴头曼单于的太子冒顿作鸣镝（鸣髇），“从其父单于头曼猎，以鸣镝射头曼，其左右亦皆随鸣镝而射杀头曼”，死于乱箭之中。后魏太武帝拓跋焘（佛狸）也曾发兵南犯，但到长江岸边，也为这里的风雨发愁，未能渡江。词人连用这三典，揭示了一条真理：历史上的掠夺者下场可悲，现在的掠夺者还会好吗？这是写的历史事实，实际上又是写的以金主亮为代表的女真贵族。在这次抗金战争中，词人怀着强烈的杀敌报国的志向，举起了正义战争的旗帜，开始走上了抗金的道路。词人以季子（苏秦，战国时的策士）自喻，说明自己少年时曾向耿京献计献策，并奉耿京之命南归。词人在这里不仅热情歌颂了正义战争，表现了自己的民族自豪感，也表现了自己对昔日的战斗生活充满战斗豪情的怀念与向往。

后来，在辛弃疾晚年闲居瓢泉时，仍然时常回忆起这段有意义的战斗经历：

壮岁旌旗拥万夫，锦襜突骑渡江初。燕兵夜娖银胡簶，汉箭朝飞金仆姑。

——《鹧鸪天·有客慨然谈功名，因追念少年时事，戏作》

题记中说，因有客谈功名，而引起他追念少年时事。关于他的少年时事，词人在《美芹十论》的前面说：“粤辛巳

岁（绍兴三十一年），逆亮南寇，中原之民屯聚蜂起。臣尝鸠众二千，隶耿京，为掌书记，与图恢复。共籍兵二十五万。”“壮岁旌旗拥万夫”正是写的当年在山东领导起义军抗金的事。在他奉表南归时，起义军中发生突然事件，义军的叛徒张安国杀害了义军领袖耿京降金。辛弃疾在归来的途中惊闻此事，当即率领五十名骑士冲进敌营，生擒张安国，南渡献俘行在。敌人在夜间都做好了战斗准备，戒备森严，起义军与金兵进行了一场激战。词人在这里概述了自己壮岁英雄业绩的几个主要方面，反映了他对这种叱咤风云的战斗生活的热烈追求，说明了六十多岁的辛弃疾还是念念不忘为国建立功名。所以，作品虽题云“戏作”，实际上是忆昔抚今，感慨难平。

辛弃疾往往以历史人物自况，通过对历史上武功卓著的英雄人物的仰慕与歌颂，表达自己欲为国家建立功业的恢闳大志。

任何时代，作家们选用历史题材进行创作，总是和他所处的政治环境直接联系着，为表达其思想感情服务的。马克思在谈到一些资产阶级革命家时曾指出：“他们战战兢兢地请出亡灵来给他们以帮助，借用他们的名字、战斗口号和衣服，以便穿着这种久受崇敬的服装，用这种借来的语言，演出世界历史的新场面。”⑪革命导师的这段话，可以帮助我们理解分析辛弃疾咏史、怀古内容的作品。

其作品中仰慕和歌颂的英雄人物有“隆中卧龙”诸

葛亮：

> 谁识稼轩心事，似风乎舞雩之下。回头落日，苍茫万里，尘埃野马。更想隆中，卧龙千尺，高吟才罢。倩何人与问："雷鸣瓦釜，甚黄钟哑？"
>
> ——《水龙吟·用瓢泉韵戏陈仁和》

时值词人闲退带湖之滨。他虽赋闲农村，却心怀为国建功立业的壮志，所以十分怀念隐居隆中，好为《梁父吟》的诸葛亮。这实际是以诸葛亮自况。诸葛亮隐居隆中时，仍关心世事，刘备三顾茅庐，他提出统一全国的大计，成为刘备的主要谋士。辛弃疾也是这样，虽隐居带湖，仍心系抗金事业，希望最高统治者能像刘备一样，把他请出来在抗金战争中施展自己的才能。可是，他等了很久，却还是"雷鸣瓦釜，甚黄钟哑"，庸人空居要位，有志之士不能展其才、遂其志。隐居而盼望出山，就是"稼轩心事"。

有"政尔良难君臣事，晚听秦筝声苦"（《贺新郎·题赵兼善东山小鲁亭》）的谢安。谢安是东晋政治家和军事家。前秦军南犯，他镇静拒敌，获淝水之战大捷，又发兵北伐，一度到黄河以北。对异族贵族统治者的袭扰，他采取坚决征讨的方针，取得卓越战功。词人歌颂谢安，是希望朝廷重用谢安那样的有志之士，这有志之士自然也包括他在内。

有“悠悠万世功”的夏禹：

悠悠万世功，矻矻当年苦。鱼自入深渊，人自居平土。　红日又西沉，白浪长东去。不是望金山，我自思量禹。

——《生查子·题京口郡治尘表亭》

词人晚年起知京口时作这首词。辛弃疾一如既往，为了将来的北伐，在京口进行了一系列备战活动。上片颂扬夏禹治水为万世谋福利的功绩。由于夏禹的勤苦治水，使人民都能安居乐业。下片言在红日西沉、白浪东去的情景之下，词人望金山而想起夏禹。这是以拯救人民于洪水的夏禹自比，表示自己要在北伐战争中，拯救北方沦陷区的同胞。

有“坐断东南战未休”的孙权：

何处望神州？满眼风光北固楼。千古兴亡多少事，悠悠，不尽长江滚滚流。

年少万兜鍪，坐断东南战未休。天下英雄谁敌手？曹刘，生子当如孙仲谋。

——《南乡子·登京口北固亭有怀》

这是词人在镇江知府任上的作品。诗中热情称颂孙权为杰出的英雄人物，流露出倾慕与怀念之情。孙权，字仲谋，三国时在京口建都称帝，史称吴国。他曾率军打垮南侵的曹魏军，保卫了国家。词人站在高高的北固楼上，

向北眺望，神州在何处？这劈头一问，表明他关心的是沦于敌手的神州大地。和以往一样，他登楼的目的并不是欣赏大自然的美景。结果，没有看到神州，收入眼底的只有北固楼一带的美好风光。历史上不知有多少朝代的兴亡大事绵延不断，都像无穷无尽的江水流过去了。在这历史的长河中，孙权真是了不起的英雄，他年轻时就统帅万军，以东南地区为基地，不断地进行抵御外侮的战争。曹操曾经对刘备说："今天下英雄唯使君（刘备）与操耳，本初（袁绍）之徒不足数也。"⑫辛弃疾却说天下的英雄中只有曹操和刘备是孙权的敌手，给予高度评价，热情颂扬。接着，借用曹操的故事，表达自己对孙权的仰慕和怀念：《三国志·孙权传》注引《吴历》说，曹操看到舟船、器杖、军伍整肃，喟然叹曰："生子当如孙仲谋，刘景升（表）儿子刘琮若豚犬耳。"希望生子应像孙权那样少年英俊，而不要像刘琮那样懦弱无能。辛弃疾不止一次地称颂孙权，在《永遇乐·京口北固亭怀古》中又说："千古江山，英雄无觅，孙仲谋处。舞榭歌台，风流总被，雨打风吹去。"国家的江山啊依然如故，可是像孙仲谋那样的英雄人物却已经无处寻找了。孙权在世的当年，那繁荣的景象和英雄事业的流风余韵，都由于经年累月的风吹雨打，消磨光了。词人为南宋没有像孙权那样能够打垮金掠夺者的英雄，而慨叹不已。

还有"气吞万里如虎"的刘裕和老当益壮的廉颇：

千古江山，英雄无觅，孙仲谋处。舞榭歌台，风流总被，雨打风吹去。斜阳草树，寻常巷陌，人道寄奴曾住。想当年，金戈铁马，气吞万里如虎。　元嘉草草，封狼居胥，赢得仓皇北顾。四十三年，望中犹记，烽火扬州路。可堪回首，佛狸祠下，一片神鸦社鼓。凭谁问：廉颇老矣，尚能饭否？

——《永遇乐·京口北固亭怀古》

词人登上北固亭缅怀往古，念天地之悠悠；思古抚今，何胜感慨！他首先想到了坐镇东南，在京口打退来自北方强敌的孙权。接着又想起了刘裕。在那偏西了的太阳照着的草木丛生的荒凉去处，有普通老百姓居住的街巷，南朝的宋武帝刘裕（小字寄奴）曾经住在这里。他早年起兵京口，平定桓玄叛乱，又曾统帅大军北伐占据中原的鲜卑族，先后灭南燕、后秦，创造了辉煌的业绩。回想当时的情况，刘裕的大军兵强马壮，刀枪剑戟，金光闪闪，那雄壮威武的姿态，简直如猛虎一般，好像要把盘踞中原的敌人一口吞下去。词人描绘刘裕的一派“虎虎生气”，正是对自己的写实。所以，当时陆游就说：“君看幼安气如虎。”⑬

下片表现了对廉颇的缅怀。首先用典，表达自己对抗战的看法。接着，词人的思路由怀古回到了抚今，从

别人想到自己：我南渡至今已经四十三年了，现在登高望远，还能记得起四十三年前南渡时，扬州路上正燃烧着金主完颜亮南犯的战火和自己与敌人的浴血奋战。真是不堪回想啊，现在佛狸祠里的香火很旺，一片太平景象，失地竟无人去收复。词人慨叹之余，接着提出一个问题：现在还有谁问，廉颇老了，饭量还好吗？廉颇是战国时赵国名将，被人陷害，出奔魏国。后赵被秦兵包围，赵王想再起用他，廉颇也想效忠于赵。赵王便派一使者去看廉颇是否可用。廉颇的仇敌郭开贿赂使者，要他说廉颇的坏话。使者见廉颇时，廉颇一顿饭吃了一斗米，十斤肉，并披甲上马，以示可用。使者回报赵王说，廉将军虽老，还很能吃饭，但一会儿拉了三次屎。这样，赵王就没有再用他⑭。这显然是以廉颇自喻，表示自己虽然老了，仍有廉颇披挂上马为国立功的雄心。但是有谁来关心他、重视他呢？词中寄慨遥深。写这首词时，词人已是六十六岁的高龄，充分表现出他老当益壮的战斗意志和爱国情怀。

词人不惜笔墨，着意歌颂了他所仰慕的历史上的英雄人物，表现了他坚持抗战的正确立场，表达了他渴望奔赴战场杀敌救国的强烈愿望。

在勉励自己不懈地追求实现统一国家的理想的同时，他还经常鼓励友人，同他一起，共同努力。在为赵介庵祝寿的词中说：“要挽银河仙浪，西北洗胡沙。”（《水调

歌头·寿赵漕介庵》）希望他挽住天上银河里的仙浪，洗净被金人玷污了的西北土地，消灭金掠夺者。

他鼓励史致道说：“袖里珍奇光五色，他年要补天西北。且归来，谈笑护长江，波澄碧。”（《满江红·建康史帅致道席上赋》）词人认为女真贵族占领广大中原（西北），譬诸崩塌的不周山，需要补天。所以他借用女娲炼五色石以补天的故事，鼓励史致道驱逐敌人，收复失地，统一国家。当时，史致道任沿江水军制置使，所以词人又赞颂他谈笑之间便可保护长江不受侵犯，不受玷污。

他给丞相叶衡的寿词说：

遥知宣劝处：东阁华灯，别赐仙韶接元夜。问天上，几多春，只似人间，但长见精神如画。好都取山河献君王，看父子貂蝉，玉京迎驾。

——《洞仙歌·寿叶丞相》

叶衡也是主战派人物。淳熙元年（1174），“衡入相（为右丞相兼枢密使），力荐弃疾慷慨有大略，召见，迁仓部郎官。”⑮词中鼓励叶衡利用自己的丞相职权，招延天下贤士，争取时间，收复为女真贵族占领的山河，然后在汴京迎接皇帝。

淳熙十三年（1186）冬，信州太守郑舜举被召赴临安，辛弃疾为他送行时鼓励他说：“闻道是：君王著意，太平长策。此老自当兵十万，长安正在天西北。”（《满江

红·送信守郑舜举被召》)

词人为范南伯祝寿，谆谆嘱咐他：“万里功名莫放休，君王三百州。”(《破阵子·为范南伯寿》)希望他在收复失地的战争中，为国建立功名。

他在赠答陈亮的词中说：

> 事无两样人心别。问渠侬：神州毕竟，几番离合？……正目断关河路绝。我最怜君中宵舞，道男儿到死心如铁。看试手，补天裂。
>
> ——《贺新郎·同父见和，再用韵答之》

陈亮是南宋唯物主义哲学家，辛派词人。他多次上书，反对与金议和，主张迁都金陵，励志恢复，《宋史·陈亮传》说他“为人才气超迈，喜谈兵，议论风生，下笔数千言立就”。辛、陈政治立场一致，思想观点相同，结成了亲密的战斗友谊。词中与友人共勉为实现共同的统一国家的理想而至死不渝地奋斗，表示两人虽备受迫害，仍不能忘情于中原故土，要像古代传说中女娲氏炼石补天那样，去驱逐敌人，收复失地，改变分裂局面，使国家归于统一。

一位友人赴官他地，他在送别的词中说：“汉水东流，都洗尽，髭胡膏血。人尽说，君家飞将，旧时英烈。破敌金城雷过耳，谈兵玉帐冰生颊。想王郎结发赋从戎，传遗业。”(《满江红》)仍然是以匡复事业相送相勉。

然而，有谁能理解词人的赤诚之心恢宏志向呢？他悲愤地说：

楚天千里清秋，水随天去秋无际。遥岑远目，献愁供恨，玉簪螺髻。落日楼头，断鸿声里，江南游子。把吴钩看了，栏杆拍遍，无人会，登临意。　　休说鲈鱼堪脍，尽西风，季鹰归未？求田问舍，怕应羞见，刘郎才气。可惜流年，忧愁风雨，树犹如此！倩何人，唤取红巾翠袖，揾英雄泪。

——《水龙吟·登建康赏心亭》

这是词人淳熙元年（1174）所作。心怀报国志的辛弃疾，南渡后，本想在抗金斗争中施展自己的军事才能，实现自己驱逐敌人、统一国家的理想。可是，十年过去了，他始终没有得到这样的机会。当他登上建康赏心亭的时候，触景生情，写下了这首百感交集的词。开首先写景，描绘了祖国南方天空无际的秋色，秦淮河上的无限风光，为下文的抒情言志，做了很好的铺垫。远望长江以北的群山（遥岑）正沦陷在敌人手中，所以眼前的自然景物好像都在向词人“献愁供恨”。词人渲染了愁意之后，接着描绘了“江南游子（自称）”登楼的情形。日落西山时，他还站在楼头，把沦陷区的山河一望再望；失群的孤雁的叫声，使词人想起了自己的处境。他原在北方领

导着农民抗金武装，可到了南宋却英雄无用武之地，无人理解他的志向。他拿起自己杀敌的宝剑（吴钩）看了又看，拍着栏杆走来走去，可是又有谁理解他这时的心情呢？原来，他这次登临赏心亭，并不是游山玩水，而是盼望着北方失地早日恢复，并渴求自己参加到收复失地的战斗中去，贡献一份力量。下片进一步说明词人的“登临意”。他表示自己决不像晋朝的张翰（表字季鹰）那样，到了秋天，想起家乡美味的鲈鱼脍就忘情时事，辞官回家，也不做三国时许汜那样不以大事为重，专门计较个人得失，好“求田问舍”的人。想到这里，词人不能不感叹时光流逝，而自己的雄心壮志迄未实现。据《世说新语·言语》记载，晋朝桓温北征，经金城，见旧种柳树已十围，叹息说：“木犹如此，人何以堪!”攀枝折条，泫然流泪。词人用这个典故，说明他的忧愁绝不是个人的忧愁，而是关系到国家前途、民族命运的。末三句以无人替他揩眼泪，表示了他的抱负得不到实现，又得不到同情与慰藉，发出了南方无人了解他心事的慨叹。有人把这首词比作王粲的《登楼赋》，实际上，词中所反映的思想感情，决非一般登临之作可比。

在投降主义集团的统治下，辛弃疾的雄心壮志和崇高理想，只能化为泡影。尽管他再三请战，通过各种方式，表示自己为国捐躯的决心，结果，还是被冷落，被闲置。这使他极度地苦闷，也使他愤慨难平。周济说：

“稼轩不平之鸣，随处辄发。”⑯这种不平之鸣，正是词人渴求杀敌报国的曲折反映和另一表现形式。

词人被迫退隐归田，于自我安慰中，表示这种愤懑不平的情绪：

追往事，叹今吾，春风不染白髭须。却将万字平戎策，换得东家种树书。

——《鹧鸪天·有客慨然谈功名，因追念少年时事，戏作》

上片回顾昔日叱咤风云的战斗生活和“壮岁旌旗拥万夫”的英雄壮举，下片慨叹现在却是闲退归耕农村。南渡后，词人怀着一片赤诚之心，曾屡次上书，陈述恢复方略，先后写了《美芹十论》、《九议》、《议练民兵守淮疏》等“万字平戎策”。直至五十四岁时，还写过《论荆襄上流为东南重地》的奏议，要求“国家有屹然万里金汤之固”。可是，他那“万字平戎策”却只能“换得东家种树书”，无法去恢复事业，只能归耕农村了。抚今忆昔，多么令人感慨不已啊！

有时，词人直接呼出自己不应闲置，写出有志无成的不平：“笑吾庐，门掩草，径封苔。未应两手无用，要把蟹螯杯。”（《水调歌头·汤朝美司谏见和，同韵为谢》）“短灯檠，长剑铗，欲生苔。雕弓挂壁无用，照影落清杯。”（《水调歌头·严子文同付安道和前韵，因再和谢

之》）

由于壮志不酬，词人简直要疯狂了：

醉里且贪欢笑，要愁那得工夫。近来始觉古人书，信着全无是处。　昨夜松边醉倒，问松：我醉何如？只疑松动要来扶，以手推松曰：去！

——《西江月·遣兴》

词中表露的是一种对现实的强烈反抗精神。词人为什么狂饮以致大醉？为什么醉后又自寻欢乐？他所见的社会现实与古人书上说的根本对不起号来，使他极不满意于政治上的是非完全颠倒的社会现实。所以，饮酒，特别是狂饮，就成为他对现实不满，反抗投降派压抑的一种手段。他虽然醉倒，但还是拒绝了松树的关心，不要它来扶，表现了醉中仍然倔强的性格，这实际上是对投降派有力的抗议。

痛斥“夷甫诸人”

南宋朝廷中的投降主义集团是南宋抗战军民进行抗金斗争的主要障碍。由于这一障碍的存在，使辛弃疾请缨无路，报国无门，他的统一理想无法实现。因此，抗金，就必须进行反对投降派的斗争。辛弃疾以自己的词为武器，对投降派进行了彻底揭露和尖锐批判。

对于女真贵族的武装掠夺，南宋朝廷执行着妥协、

退让、投降的方针。词人对他们的投降行径严加痛斥。

……马上琵琶关塞黑，更长门、翠辇辞金阙。……将军百战身名裂。向河梁回头万里，故人长绝。……

——《贺新郎·别茂嘉十二弟》

这是词人为贬官桂林的族弟辛茂嘉写的别词中的几句。他的许多别词，总是以收复失地、统一国家相鼓励。可这首词却大为不同。全词以写恨事来揭露和批判投降派的误国罪行。“马上”句写的是王昭君的故事。昭君是汉元帝时的失意宫女，汉为了同匈奴和亲，把她送给匈奴的呼韩邪单于做阏氏（王后）。昭君从长门宫出来，乘翠辇，辞别汉家宫阙后，在马上弹着琵琶，向前门的关塞看去，只觉一片黑暗，这多么伤心！王昭君远嫁，显然是汉元帝屈服于匈奴的武力威胁，执行妥协投降方针造成的。“将军”句用的是李陵投降敌人的典。李陵是汉武帝时的将军，屡次与匈奴作战，最后失败，投降了敌人。在匈奴，李陵同出使匈奴的苏武很要好，他曾有诗赠苏武：“携手上河梁，游子暮何之。”然而，苏武在匈奴被扣十九年，不屈而还，李陵由于投降敌人，却再也不能回家了。《汉书》记苏武与李陵分别时，李陵置酒贺苏武说：“异域之人，一别长绝。”他送别苏武时的情景：“向河梁回头万里，故人长绝。”说分别后回头来看看同游的

河梁，就要相隔万里，和老朋友永远分别了。词人用这个典，一方面批判了李陵的投降行为，另一方面暗喻南宋朝廷的投降主义方针造成了生离死别的悲恨。

词人经常把他们的叛卖行径比作晋朝王夷甫的误国罪行，加以谴责：

> 渡江天马南来，几人真是经纶手？长安父老，新亭风景，可怜依旧。夷甫诸人，神州沉陆，几曾回首？算平戎万里，功名本是，真儒事，君知否？
>
> ——《水龙吟·甲辰岁寿韩南涧尚书》

这是为韩元吉（南涧）祝寿的词。韩元吉是辛派词人，政治上是抗战派，前人说他“政事文学为一代冠冕”⑰。封建文人写寿词一般不脱阿谀奉承的窠臼，可是，辛弃疾激于满腔的抗金热情，打破当时的陈规陋习，利用一切机会表达自己对国家大事的意见，抒发自己的爱国情怀。词开首就对南宋投降派的误国罪行作了无情的揭露，加以严厉斥责，质问宋室南渡以来，有几个是治理国家的能手？对他们从根本上加以否定。接着把他们比作晋朝“神州沉陆”也不肯回首一顾的王夷甫。王衍字夷甫，晋朝清谈家，任官不理政事，致使国家败亡。《晋书·桓温传》记载，桓温自江陵北伐，途中，与诸寮属登楼眺望中原，愤慨地说：“遂使神州沉陆（沉陆，指国土沦

陷)，百年丘墟，王夷甫诸人，不得不任其责。”这里借对王夷甫的斥责来谴责南宋投降派的误国。在另外两首词中，他又说：

……起望衣冠神州路，白日消残战骨。叹夷甫诸人清绝。夜半狂歌悲风起，听铮铮阵马檐间铁。南共北，正分裂。

——《贺新郎·赠金华杜叔高》

……长剑倚天谁问，夷甫诸人堪笑，西北有神州。……

——《水调歌头·送杨民瞻》

前者慨叹南宋的投降派像王夷甫那样崇尚清谈，不问国事，对于南北分裂局面处之泰然。后者对于倚天长剑无人理会表示愤慨，对于不顾民族存亡的王夷甫之流的投降派加以无情的嘲笑和抨击，提醒人们不要忘记被敌人占领的西北神州。

投降派对外族妥协投降，对内部则竭力打击迫害抗战势力。王夫之说：“宋自秦桧持权，摧折忠勇。”⑱结果，造成了有志之士“报国欲死无战场”⑲，“老生自悯归来久，无地能捐六尺躯”⑳的严重局面，致使英雄请缨无门，献身无路。辛弃疾怀着愤慨的感情，揭露了这一不合理的现实：

……不念英雄江左老，用之可以尊中国。叹

诗书万卷致君人，翻沉陆。　休感慨，浇醽醁。

……且置请缨封万户，竟须卖剑酬黄犊。……

——《满江红》

词人愤然谴责南宋投降派偏安江左，毫不怜念抗战志士老死江南，再次提醒他们，很好地发挥有志之士在抗金战争中的作用，可以驱逐敌人，收复失地，使宋政权地位尊贵，疆土不受侵犯。慨叹自己虽读诗书万卷，懂得辅佐君主的治道，想尽忠于君主，却反而像西汉“避世金马门”的东方朔一样，做着隐士般的闲官（时词人在上饶作祠官），不能发挥作用。词人无可奈何地自我安慰，劝勉自己不要感慨，以尽情地喝酒寻求解脱。又劝自己姑且把杀敌立功的念头搁置起来，卖掉宝剑再去买牛，以便农耕。这实在是他不愿做的事情，但有什么办法呢？这种无可奈何的情绪，正是对投降派破坏抗战的无情揭露。

他借用历史故事揭露了投降派对他的疑忌和排挤，表示了一种怨愤的情绪：

亭上秋风，记去年嫋嫋，曾到吾庐。山河举目虽异，风景非殊。功成者去，觉团扇、便与人疏。吹不断、斜阳依旧，茫茫禹迹都无。

——《汉宫春·会稽秋风亭观雨》

题为“观雨”，但通篇却没有写雨景，而是写自己对夏禹

的缅怀。词中借写秋凉使人疏远团扇，揭露和批判了投降派对自己的排挤。词人由茫无禹迹想到大禹治水，救生民于陷溺，而感叹当时无人能让有志之士出来完成恢复统一大业。

并非辛弃疾一人是这种遭遇，其他抗战志士也无不如此。词人揭露道：

落日胡尘未断，西风塞马空肥。

——《木兰花慢·席上送张仲固帅兴元》

这里以“塞马空肥”作为比喻，揭露了在女真贵族不断发动掠夺战争的情况下，抗战志士英雄无用武之地的现实。

投降派对有志之士的迫害，岂止如此，甚至使他们屈辱而死：

汗血盐车无人顾，千里空收骏骨。

——《贺新郎·同甫见和，再用韵答之》

善战的良马被用来拉笨重的盐车，已经极不合理，令人惋惜；而良马拉盐车，无人顾惜，致使遍地都是劳累而死的骏马，更使人愤愤不平。词人用这个比喻，形象地揭露了在投降主义集团统治下，南宋到处都有被埋没、屈辱而死的抗战志士。岳飞被杀害，宗泽忧愤而死，不是很典型的例证吗？投降派摧折忠勇的行径，大大地帮助了女真贵族政权。正如陈亮所说：“忠臣义士斥死南

方，而天下之气惰矣。”㉑

南宋那些夷甫之类的误国者，一向是词人所不齿，所鄙夷的。他把他们比作无功而封侯的李蔡：“李蔡为人在下中，却是封侯者。”（《卜算子》）

把他们比作学人言语，乖巧的禽鸟秦吉了：“学人言语，未会十分巧；看他们得人怜，秦吉了。”（《千年调·蔗庵小阁名曰卮言，作此词以嘲之》）

把他们比作路上的浮垢尘埃：“若教王谢诸郎在，未抵柴桑陌上尘！”（《鹧鸪天·读渊明诗不能去手，戏作小词以送之》）“笑指儿曹，人间醉梦，莫嗔惊汝。……野马尘埃，扶摇下视，苍然如许！”（《水龙吟·盘园任子严安抚桂冠得请，客以高风名其堂，书来索词，为赋》）“细看斜日隙中尘，始觉人间何处不纷纷。”（《南歌子·独坐蔗庵》）

把他们比作瓜瓞：“世上儿曹都蓄缩，冻芋堆秋瓞。”（《念奴娇·赵晋臣敷文十月望生日，自赋词，属余和韵》）

他嘲讽南宋的投降派都是追名逐利之徒：“江左沈酣求名者。”（《贺新郎·邑中园亭，仆皆为赋此词》）

这些痛快淋漓的斥骂，义正辞严的质问，必然招致投降派们的打击陷害，他们以“莫须有”的罪名弹劾他，撤他的职，使他南渡四十余年，竟有一半的时间闲退农村家中，无所用其才。淳熙六年（1179），词人由湖北转

运副使调任湖南转运副使时写的《摸鱼儿·淳熙己亥，自湖北漕移湖南，同官王正之置酒小山亭，为赋》，就透露了他遭打击陷害的真情：

> **长门事，准拟佳期又误，蛾眉曾有人妒。千金纵买相如赋，脉脉此情谁诉？**

这里写的虽是陈皇后阿娇的故事，其实是诉说词人自己的遭遇，控诉投降派陷害抗战志士的叛卖罪行。《昭明文选·长门赋序》记载，陈皇后原是汉武帝之妻，由于被人妒忌，被遗弃住在长门宫里，愁闷悲思。后来听说四川成都有个司马相如文章做得很好，就派人送黄金百斤，请代作一篇赋。武帝看了，重和陈皇后恢复了恩爱。用这个典故说明，即使用千金重价请司马相如来作赋帮助自己辩护，使皇帝了解自己，也不可能产生预期的效果。内心的感情向谁诉说呢？在稍后的另一首词里他流露了同样一种感情："倾国无媒，入宫见妒，古来颦损蛾眉。"(《满庭芳·和洪丞相景伯韵》) 这都是词人在投降主义集团统治下被排挤打击的曲折反映。他为什么被嫉妒呢？他在这时写的《论盗贼札子》中说："生平刚拙自信，年来不为众人所容，恐言未脱口，而祸不旋踵。"显然，因为词人坚持抗战，反对投降，不与投降派同流合污，所以为投降派的"众人"所不容，屡遭他们打击陷害。

即使在这样的高压之下，词人对来自投降派的打击

陷害，还是冷眼相待，予以极大的蔑视。有时他给予必要的回击：

> **故将军饮罢夜归来，长亭解雕鞍。恨灞陵醉尉，匆匆未识，桃李无言。射虎山横一骑，裂石响惊弦。落魄封侯事，岁晚田园。**
>
> ——《八声甘州，夜读李广传》

他在题记中说："夜读李广传，不能寐。"为什么不能寐？原来李广的身世遭遇，有些与自己相似之处，引起了共鸣。上片言李广是西汉名将，是天下人共同崇敬的英雄。《史记·李将军列传》说他"自汉击匈奴而广未尝不在其中"，并立下了卓著的战功。但他不但没有封侯，却落得了落魄失意、免职归田的悲惨下场。下片质问为什么"汉开边，功名万里"的英雄李广也不得封侯呢？这分明是借古喻今。词人也是抗金的英雄人物，但屡遭南宋投降派的打击陷害。当时他正被劾落职，闲居带湖之滨。相似的遭遇，激起了他相似的感情。所以，这是对李广表同情，更是为自已鸣不平；是质问西汉朝廷，更是回击南宋投降派对自已的迫害。

有时，他采取不予理睬的态度："但放平生丘壑，莫管旁人嘲骂，深蛰要惊雷。"(《水调歌头·和赵景明知县韵》)

有时，则加以讽刺、嘲笑，把他们比作鼓噪着的群

蛙："袖手高山流水，听群蛙，鼓吹荒池！"（《满庭芳·和洪丞相景伯韵》）

有时，他毫不客气地严厉警告他们："君莫舞！君不见，玉环飞燕皆尘土。闲愁最苦。休去倚危栏，斜阳正在，烟柳断肠处。"（《摸鱼儿·淳熙己亥，自湖北漕移湖南》）你们且慢得意！像历史上杨玉环、赵飞燕那样得宠善妒的妃子都化为尘土了，你们还会有好下场吗？玉环，杨贵妃的小名，唐玄宗最宠幸的妃子。安禄山叛变后，被唐玄宗赐死于马嵬坡。赵飞燕，汉成帝最宠爱的皇后，后来，被废为庶人，自杀而死。国家的山河被你们搞得这样残破不堪，你们离完蛋也就不远了。栏杆外的斜阳快要落了，国事不也和那黄昏的夕阳差不多了吗？在这些词的字里行间，处处流露着词人对投降派妥协投降行径的愤恨与谴责，洋溢着词人不屈不挠的战斗精神。在抗战与投降的激烈斗争中，词人旗帜鲜明，坚持抗战，反对投降，对投降派进行了不容情的批判。

寄情田园山水

闲退农村期间，辛弃疾固然对于国家的统一，民族的解放，经常萦怀心中，写了不少富有战斗内容的词篇，表现了他杀敌报国的雄心与抱负，抒发了他对南宋投降派的愤慨与不满；但同时，也写了一部分以农村生活为题材的作品。这部分作品思想意义不高，它们是作者闲

退农村后，寄情田园山水的吟唱。但“清水出芙蓉，天然去雕饰”（李白诗句），它们写得清新自然，艺术上有些值得借鉴之处，所以，在这里也作一简要的分析论述。

从官场被劾落职的辛弃疾，十分厌恶官场的尔虞我诈，腐朽黑暗，而对农村却怀着一种特有的爱好。在这种失意英雄的典型感受下，摄入作品的农村生活，自然是美化了的。它们构成了一幅幅动人的农村生活的素描画。

在词人笔下，农村生活是朴素的、安定的。试读他的两首小令：

陌上柔桑破嫩芽，东邻蚕种已生些。平冈细草鸣黄犊，斜日寒林点暮鸦。　　山远近，路横斜，青旗沽酒有人家。城中桃李愁风雨，春在溪头荠菜花。

——《鹧鸪天》

鸡鸭成群晚未收，桑麻长过屋山头。有何不可吾方羡，要底都无饱便休。　　新柳树，旧沙洲，去年溪打那边流。自言此地生儿女，不嫁余家即聘周。

——《鹧鸪天·戏题村舍》

前者描绘了一幅欣欣向荣的江南农村的春意图。上片着重写了柔桑、幼蚕、黄犊这些春天来临时的新生事物。

下片又把城中的桃李和溪头盛开的荠菜花形成鲜明的对照，指出不被城里人看成花的野生荠菜花却不愁风雨，胜过了城中的桃李，说明农村人的生活是朴素的、安定的，不像城里人那样，把主要精力用到追名逐利上去。这不仅表现了词人朴素的美学观，而且，也表现了词人对清新朴素的农村生活的爱好。特别在政治上失意时，辛弃疾更是对农村生活十分羡慕和向往。后者正是写的这种感受。上片是说在农村生活欲望很简单，只要有成群的鸡鸭，高过屋山的桑麻，便都满足了。这样看来，还是当个农民好啊，只要能吃饱，便什么也不需要了。下片是说农村生活变化很少，以柳树、沙洲、溪水，反衬农村生活的安定。自然界不易变化的事物，时间久了，也会发生变化；柳树会生死，沙洲会生灭，溪水能改道。但农民的生活却还是那样，男婚女嫁依然不出本村的余和周两家。

在长期的闲退生活中，辛弃疾对农业劳动的场景有着细致的观察，在作品中能够作真实生动的描绘。如：

茅檐低小，溪上青青草。醉里吴音相媚好，白发谁家翁媪？　大儿锄豆溪东，中儿正织鸡笼；最喜小儿无赖，溪头卧剥莲蓬。

——《清平乐》

这是写农忙季节，人人都在劳动的场面。连孩子们都不

例外，都各尽所能，投入劳动。词中的人物写得活龙活现，老公公、老婆婆的对话，大儿、中儿、小儿的动作，都写得栩栩如生，跃然纸上。

不仅如此，每当庄稼丰收在望时，辛弃疾的喜悦心情，总是油然流向笔端，发出衷心的吟诵：“明月别枝惊鹊，清风半夜鸣蝉。稻花香里说丰年，听取蛙声一片。”（《西江月·夜行黄沙道中》）“东家娶妇，西家归女，灯火门前笑语。酿成千顷稻花香，夜夜费一天风露。”（《鹊桥仙·己酉山行书所见》）前者写农村丰收时的夜景：清风中的鸣蝉，阵阵浓郁的稻香，一片丰收报喜的蛙声。在作者笔下，惊鹊、鸣蝉、青蛙，好像也为丰收景象而高兴和欢唱，词人的喜悦心情也就不言而喻了。后者写由于农业的丰收，农村人家嫁娶的欢乐。

辛弃疾在“从老农学稼”的过程中，也交了一些农民朋友，对农民生活有某些了解，并在词中描绘了一个个劳动人民率真朴素的生动形象。如他写老农民的家庭欢乐，绘声绘色：

手种门前乌柏树，而今千尺苍苍。田园只是旧耕桑。杯盘风月夜，箫鼓子孙忙。　　七十五年无事客。不妨两鬓如霜。绿窗划地调红妆。更从今日醉，三万六千场。

——《临江仙·戏为期思詹老寿》

他写农民丰收时的笑脸，歉敛时的愁眉，真切而形象：“父老争言雨水匀，眉头不似去年颦。殷勤谢却甑中尘。”（《浣溪沙》）

他写农村妇女的行动和语言，生动而逼真：“三三两两谁家妇，听取鸣禽枝上语：‘提壶沽酒已多时，婆饼焦时须早去。’　　醉中忘却来时路，借问行人家住处：‘只寻古庙那边行，更过溪南乌桕树。’”（《玉楼春》）

他写农村儿童，饶有生活情趣：“西风梨枣山园，儿童偷把长竿。莫遣旁人惊去，老夫静处闲看。”（《清平乐·检校山园，书所见》）

他写农民对自己热情相待，感人肺腑：“石壁虚云积渐高，溪声绕屋几周遭。自从一雨花零落，却爱微风草动摇。　　呼玉友，荐溪毛，殷勤野老苦相邀。杖藜忽避行人去，认是翁来却过桥。”（《鹧鸪天》）

“野老”的热情、诚挚，呼之欲出，跃然纸上。说明他在农村与农民已建立了友好的往来。与农民的交往，使备受冷落的辛弃疾，在精神上得到了很大的安慰：

> 万事到白发，日月几西东。羊肠九折歧路，老我惯经从。竹树前溪风月，鸡酒东家父老，一笑偶相逢。此乐竟谁觉，天外有冥鸿。
>
> ——《水调歌头·和信守郑舜举蔗庵韵》

词人把与劳动农民的友谊、交往，视为无上的快乐。这

是在仕途上备遭波折，尝尽了官场的炎凉之后，与淳朴的劳动农民的交往中，才能得到的乐趣。这里，没有官场上的尔虞我诈，只有诚挚的友谊与朴实的感情。所以，他在闲居农村时，又常常流露出要像陶渊明那样，决心不再出仕的思想感情。

辛弃疾的农村词虽只有十多首，但它们却是宋词中不可忽视的一部分作品。从唐代崔令钦的《教坊记》中所记载的曲名里，我们看到，当隋唐间词在民间最初兴起的时候，原是有些农村题材的作品的，并且有的还直接描绘了农村劳动的场景，如《拾麦子》、《剉碓子》、《采桑》等。但到晚唐五代，词转入了花间派文人手中，它便成为专供达官贵族、豪门世家娱乐玩赏的文学，而把朴素的农村生活排斥在词的内容之外。到北宋，苏轼虽曾创作了几首农村题材的词，但上述形势并未得到根本改变。在这种情况下，辛弃疾的这十余首农村词便有着改变风气的作用和意义。

但是，必须指出，辛弃疾的农村词并未反映南宋农村的基本矛盾。

我国历史上的南宋，民族矛盾固然上升为主要矛盾，但在长期的偏安局面之下，大地主大肆兼并土地，聚敛财富，加剧了对广大农民的掠夺和剥削，农民破产的情况日益严重。因此，在南宋广大农村，农民与地主的矛盾，依然是基本的社会矛盾。对于这种社会矛盾，辛弃

疾在各地任职时是看到了，并表现了对农民问题的关切。他在任湖南转运副使时上给宋孝宗的《论盗贼札子》中，分析了这种社会矛盾，指出了农民被迫为盗的必然性。他说：

田野之民，郡以聚敛害之，县以科率害之，吏以取乞害之，豪民大姓以兼并害之，而又盗贼以剽杀攘夺害之，臣谓“不去为盗，将安之乎”，正谓是耳。

其实，这种情况不仅存在于湖南。许多历史资料证明，这是南宋时广大农村的缩影。辛弃疾既然看到了这种状况，并寄同情于被剥削被掠夺的农民，他便在自己任职的地方，采取了一些为农民兴利除害、减轻农民负担的措施。在滁州，他实行“屯田”，帮助人民发展生产；在江西隆兴，他举办荒政，帮助农民度过了灾年；在福建，他建议推行“经界”和“盐法”，减轻农民负担，解除民间疾苦。自己是这样做了，还要求自己的朋友也能注意体察民情。他在送别即将赴衡州做太守的郑如密时，作《水调歌头·送郑厚卿赴衡州》加以劝勉。其中有：

文字起骚雅，刀剑化耕蚕。

看使君，于此事，定不凡。

莫信君门万里，但使民歌五袴，归诏凤凰衔。

有的朋友在这方面取得了政绩，他便加以赞扬。信

州太守王桂发离职时，辛弃疾在为他作的《水调歌头·送信守王桂发》中说：

我辈情钟休问，父老田头说君，泪落独怜渠。秋水见毛发，千尺定无鱼。

对于农民与地主阶级的矛盾，辛弃疾既然有着某些了解，对于农民的疾苦又是如此关切，那么，为什么在他的农村词里，竟完全没有接触到被压迫被剥削的农民的痛苦呢?

辛弃疾的阶级地位和生活实践，在这里起了决定作用。尽管他曾见到地主对农民的掠夺与剥削，使农民不得不去为盗的实际情况，可是，他对农村的社会矛盾，对农民的困苦生活，终究缺乏感性的了解与体会。他与农民是有某些接触，但他是作为达官贵人闲退农村的。据洪迈的《稼轩记》所记，上饶是南宋一般官绅士大夫很向往的寓居之地。辛弃疾所以能在这里建筑带湖新居，正是凭恃着他当时江西安抚使的显贵地位。他住着阔绰的住宅，过着“病怯杯盘甘止酒，老依香火苦翻经，夜来依旧管弦声”(《浣溪沙·瓢泉偶作》的生活。这样的社会地位，这样的生活环境，自然使他与农民在思想感情上横亘着一条不可逾越的鸿沟，不容易了解农民的真实的生活，体会农民真实的思想感情，而且，在辛弃疾这位地主阶级知识分子心目中，农村总是那样恬淡、闲

适、静谧。因而，他的农村词没有揭示南宋的基本社会矛盾，没有触及农民的困苦生活，不免有些粉饰太平的倾向。

在这里，我们着重分析评述了辛词内容的几个主要方面，指出了他在民族斗争中积极的向上的思想和不调和的战斗精神。他是杰出的爱国词人，但他毕竟属于封建士大夫的范畴，他的阶级地位和思想意识，决定了他在反对投降派的斗争中，不可能完全同人民群众的斗争结合起来，因而其时代的和阶级的局限性在他的歌词中都有明显的反应。恩格斯在评价德国诗人歌德和哲学家黑格尔时指出："歌德和黑格尔各在自己的领域中都是奥林帕斯山上的宙斯，但是两人都没有完全脱去德国的庸人气味。"㉒辛弃疾在有些词中流露出一些消极颓废的情调，借酒消愁之类就成为某些作品的重要内容。别外，辛弃疾的爱国思想又往往和忠君思想联系在一起。他所要统一的国家，还只能是地主阶级的封建国家。在备受打击陷害，理想长期不得实现时，他又往往情绪消极，思想低沉，流露出不愿过问世事的倾向。所以，有时在一首词中，他可以表现出用世与退隐两种矛盾的思想。一方面流露了"元龙老矣，不妨高卧"的消极情绪，另一方面，又发出了"千古兴亡，百年悲笑"（《水龙吟·过南剑双溪楼》）的感慨，表示不能忘情于国家前途，民族命运。一方面"看惊弦雁避，骇浪船回"，想急流勇

退；另一方面，他又“怕君恩未许，此意徘徊”（《沁园春·带湖新居将成》)，又想用世。这种用世，正是他忠君报国思想的反映。特别需要指出的是，在辛词中还有一些反映士大夫庸俗无聊内容的应酬之作。如“寿内子”、“寿侍妾”、“寿岳母”之类的作品；“七十古来稀，人人都道，不是阴功怎生到”（《感皇恩·寿范倅)，把长寿归结为阴功的作用；“留君一醉意如何，明年金印斗大”（《西江月·为范南伯寿》，希望自己的亲友升官向上爬；甚至对于在湖南镇压陈峒起义的王佐，他也写词对其“勋业”恭维一番：“金印明年如斗大，貂蝉却自兜鍪出。待刻公勋业到云霄，浯溪石。”（《满江红·贺王帅宣子平湖南寇》）这显然是他地主阶级思想立场的反映。

① 周济《介存斋论词杂著》。

② 陆游《醉歌》。

③ 罗大经《鹤林玉露》卷四辛幼安词。

④ 据李清照《金石录后序》记载。

⑤《建炎以来系年要录》卷三十。

⑥《建炎以来系年要录》卷三十一。

⑦《词统》。

⑧ 陆游《前有樽酒行》。

⑨《稼轩词序》。

⑩《陇头水》。

⑪《路易·波拿巴的雾月十八日》，《马克思恩格斯选集》第一卷。

⑫《三国志·蜀先主传》。

⑬《寄赵昌甫》，见《剑南诗稿》卷八十。

⑭《史记·廉颇蔺相如列传》。

⑮《宋史·辛弃疾传》。

⑯《介存斋论词杂著》。

⑰ 黄昇《花庵词选》。

⑱《宋论》。

⑲ 陆游《陇头水》。

⑳ 陆游《闻蜀盗已平献馘庙社喜而有述》。

㉑《陈亮集·上孝宗皇帝第一书》。

㉒《路德维希·费尔巴哈和德国古典哲学的终结》，《马克思恩格斯选集》第四卷。

十五、词艺的集大成者

辛弃疾的生不逢时，使他徒有管乐之才，经国智略，未能成为政治家军事家，却把他造就为词学一代宗师，成为词坛的集大成者。清人周济认为，宋词的集大成者是周美成①，但美成之集大成，不过表现于其词“穷极工巧”，实则是“创调之才多，创意之才少耳”②。辛弃疾的词不仅有“气魄极雄大”、“意境极沉郁”③的“大声鞺鞳，小声铿鍧，横绝六合，扫空万古”之作，且“其秾丽绵密处，亦不在小晏秦郎之下”④，其“中调、小令亦间作妩媚语”⑤。他的艺术风格多姿多彩，他的创作方法博采中多有创造，他的语言继承中更富创新，因此，辛弃疾才是宋词当之无愧的集大成者。

辛词的艺术成就是突出的、多方面的。

有关艺术形式方面的创新，在《锐意词风变革》一章中，已作过论述，此处不再重复。这一章拟着重分析评述其艺术形象、创作方法、艺术风格等方面所取得的卓越成就。

鲜明生动的艺术形象

在辛弃疾现存的六百多首词中，绝大部分是抒情之作。由于词人具有丰富的生活经验、澎湃的战斗热情和高度的艺术创造力，在这些优美的抒情词中，完全驱除了“绮筵公子”、“绣幌佳人”之类的形象，而代之以一系列光彩夺目、鲜明生动的艺术形象，为词的发展开辟了崭新的道路。

以文艺形式鼓舞抗战，进行战斗，就必须创造鲜明生动，足以扣动人们心弦的英雄形象。与其他词人相比，辛弃疾有着不平凡的战斗经历，他的抒情词中所创造的艺术形象，实际上都是词人的自我形象。在词人的笔下，他是“壮岁旌旗拥万夫，锦襜突骑渡江初”（《鹧鸪天·有客慨然谈功名，因追念少年时事，戏作》）的农民抗金义军的青年统帅，是“沙场秋点兵”（《破阵子·为陈同甫赋壮词以寄之》）的抗金部队的指挥者，是金戈铁马，气吞万里如虎”（《永遇乐·京口北固亭怀古》）的英雄，是“廉颇老矣，尚能饭否”（《永遇乐·京口北固亭怀古》）的老将，是要用“倚天万里”的“长剑”（《水龙吟

·过南剑双溪楼》）扫荡敌人的壮士，是念念不忘“西北望长安”（《菩萨蛮·书江西造口壁》）的爱国者，是批判“夷甫诸人，神州沉陆，几曾回首”（《水龙吟·甲辰岁寿韩南涧尚书》）的反投降战士，……这些英雄形象，都具有昂扬的战斗精神，蔑视敌人的英雄气概和不怕牺牲的豪迈性格，充满了叱咤风云的豪情壮志。

词人不仅以英雄自许，也以英雄许人；而且，“许人”也是“自许”。在赠抗战的战友陈亮的词中，他这样描绘陈亮：“看渊明、风流酷似，卧龙诸葛。”（《贺新郎》）“我最怜君中宵舞，道男儿到死心如铁。看试手，补天裂。”（《贺新郎·同父见和，再用韵答之》）前者先把陈亮比作陶潜，接着又说在治国平天下的抱负方面更像隆中卧龙诸葛亮。陶潜和诸葛亮是词人平生最崇拜的历史人物，以陈亮比作这两人，是对陈亮的高度评价，同时也是词人的自我表现。后者把陈亮刻画成为一个坚决抗战、慷慨悲歌、以救国救民为已任的抗战志士的形象，这个形象不也正是词人的自我写照吗？

词人这样描绘他的友人赵茂嘉：“看长身玉立，鹤般风度；方颐须磔，虎样精神。”（《沁园春·寿赵茂嘉郎中》）实际上，这也是词人的自画像。陈亮曾说他“眼光有棱，足以照映一世之豪。背胛有负，足以荷载四国之重。出其毫末，幡然震动”，并赞之为“真虎”⑥。词人自己也自誉有“气吞万里如虎”之概。

词人为韩元吉祝寿的词说："算平戎万里，功名本是真儒事，君知否?"（《水龙吟·为韩南涧尚书寿》）以"平戎"功业许人，也正是以"平戎"功业自许。词人一生是念念不忘"平戎"的。

辛弃疾为人豪侠，平生多友。他和许多友人间的深挚友谊是建立在共同的政治理想和抗战主张基础上的。他们以杀敌报国相互激励，相互鼓舞；他们以英雄自许，又以英雄许人。他与友人赠答的许多作品，无不跃动着词人自我形象的影子，它们是刻画友人，也是描绘自已。

在辛词中，除了词人的自我形象之外，还有不少是以祖国雄伟壮丽的自然风光为艺术形象的作品。词人在描绘这些艺术形象时，往往赋予它们以自己的性格特征和思想精神，使其成为自我形象的某些补充。在这些词中，自然景物的性格特征往往正是词人性格特征的再现。试读他写山的词："叠嶂西驰，万马回旋，众山欲东。"（《沁园春·灵山齐庵赋，时筑偃湖未成》）"畴昔此山安在？应为先生见晚。万马一时来。"（《水调歌头·题张晋英提举玉峰楼》）"青山欲共高人语，联翩万马来无数。烟雨却低回，望来终不来。"（《菩萨蛮·金陵赏心亭为叶丞相赋》）山，本是静止的自然景物，但它们到了词人的笔下，却都成了奔腾驰骋的马群，大有千军万马之势。请看，那一幅幅雄壮的山势图，重重叠叠的山峰向西奔驰，忽然像万马回旋一样，掉头向东。在词人惊异往昔

此山哪里在的时候，群山像万马一样突然奔腾而来。山色逼近人，好像要对人说话，又好像联翩的万马向人跑来；山在烟雨笼罩之中，好像“万马”在烟雨中徘徊起来，人们希望它来而终于没有来。三首词里写的是不同的山，但这不同的山却都赋予了万马奔腾的相同特征，洋溢着豪迈的气概，充满生命的活力。

在词人心目中，战场上万马奔腾的场面是多么壮阔，多么令人向往！词人早年是经历过这种壮阔生活的，但那毕竟为时甚短，而且还没有实现他驱逐敌人、统一国家的理想。所以，南渡四十余年，他一直梦寐以求于这种骑马挎枪的战斗生活。正是由于这一原因，马的形象才反复不断地出现在他的词中：“季子正年少，匹马黑貂裘”（《水调歌头·舟次扬州，和杨济翁、周显先韵》），“落日胡尘未断，西风塞马空肥”（《木兰花慢·席上送张仲固帅兴元》），“要短衣匹马，移住南山”（《八声甘州·夜读李广传》），“马作的卢飞快，弓如霹雳弦惊”（《破阵子·为陈同甫赋壮词以寄之》），“想当年，金戈铁马”（《永遇乐·京口北固亭怀古》）等等，都表现了词人对马的特殊喜爱，直接反映了词人对万马奔腾、与敌冲杀搏斗的渴求。而词人多次把静止的群山写成气势磅礴的万马，可以说从不同的方面反映了词人的英雄气概和豪迈性格，表现出他对这种壮阔的战斗生活的向往。

他描写其他自然景物，则雄伟奇险，气势非凡，表

现了词人豪迈的气魄，激荡的情怀：

巨海拔犀头角出，来向北山高阁。尚依旧、争前又却。

——《贺新郎·题赵晋臣敷文积翠岩》

一水西来，千丈晴虹，十里翠屏。

——《沁园春·再到期思卜筑》

千古老蟾口，云洞插天开。涨痕当日何事，汹涌到崔嵬。攫土抟沙儿戏，翠谷苍崖几变，风雨化人来。万里须臾耳，野马骤空埃。

——《水调歌头·再用韵，呈南涧》

我笑共工缘底怒，触断峨峨天一柱。补天又笑女娲忙，却将此石投闲处。野烟荒草路。先生拄杖来看汝。倚苍苔，摩挲试问：千古几风雨？

长被儿童敲火苦，时有牛羊磨角去。霍然千丈翠岩屏，锵然一滴甘泉乳。结亭三四五。会相暖热携歌舞。细思量，古来寒士，不遇有时遇。

——《归朝歌·题赵晋臣敷文积翠岩》

词人赋予静止的自然景物以动荡的形象，使这些自然景物总是跃动着生命的活力。所以，在他的作品中，不仅那些以英雄人物为描写对象的作品能够激励人们抗战的斗志，振奋人们的精神；就是那些以自然景物为艺术形象的作品，也使人们情绪昂扬，感情激荡，战斗的意志

为之增强，而绝无王维的山水诗、柳永的风景词那种静穆恬淡的韵味，更没有他们那种人留连山水、超脱尘世的弊端。

强烈的浪漫主义精神

辛弃疾的爱国词，一般都具有强烈的艺术感染力量和巨大的鼓动力量。它们不仅从感情上给人以感染和影响，而且像战鼓，似号角，扣动人们的心弦，鼓舞人们的战斗热情。这种精神力量，来源于词中所反映的那种高尚的爱国情怀，来源于收复失地、统一国家的崇高理想和不屈不挠的英雄主义精神；同时，也来源于词中那强烈的浪漫主义精神。

辛词的浪漫主义，继承了屈原和李白优良的浪漫主义传统，主要是一种积极的浪漫主义。苏联无产阶级文学的奠基人高尔基曾说过：积极浪漫主义“企图加强人的生活的意志，唤起他心中对于现实、对于现实的一切压迫的反抗心”⑦。词人所处的时代，是民族矛盾上升为主要矛盾的时代。在这个时代，不仅存在着深重的民族压迫，而且还存在着民族投降集团对所有抗战军民的严重迫害。对于民族压迫，词人坚决主张积极抗击，用武力解除这种压迫；对民族投降集团的迫害，他进行不断的抗争。所以，词人驱敌复国的政治理想与苟安妥协的现实之间的矛盾，构成了辛词浪漫主义精神的社会基础；

理想主义、反传统精神和英雄主义三者的结合，则构成了辛词浪漫主义精神的思想基础。

投降主义集团的长期统治，使词人为国建功立业的理想只能化为泡影。但他并不因此而消极颓废，而是对自己的理想执着地坚持，热烈地追求。于是，他的理想便常以梦幻的形式，出现在词中。《破阵子·为陈同甫赋壮词以寄之》中的“挑灯看剑”的杀敌壮士，“沙场秋点兵”的指挥者，都是梦幻中的理想人物。在《水龙吟·过南剑双溪楼》中，词人登临南剑双溪楼怀古的时候，想起了干将、莫邪神剑的传说故事道：“人言此地，夜深长见，斗牛光焰”，也是以幻想形式表现词人对杀敌的渴求。利用神话传说表达理想，是浪漫主义诗人常用的传统手法。在辛词中，女娲补天，鲧、禹治水，以及《楚辞》、《庄子》中的神话奇闻都反复不断地出现。

面对投降派群小当道、抗战志士屡遭迫害的严酷现实，词人显然感到自己的活动空间是狭窄而又狭窄了。他感到只有处在虚幻的境界中，才能自由自在地不受拘束地表现出自己的思想和意志：

我志在寥阔，畴昔梦登天。摩挲素月，人世俯仰已千年。有客骖鸾并凤，云遇青山、赤壁，相约上高寒。酌酒援北斗，我亦蝨其间。　少歌曰：神甚放，形则眠。鸿鹄一再高举，天地睹

方圆。欲重歌兮梦觉，推枕惘然独念：人事底亏全？有美人可语，秋水隔婵娟。

——《水调歌头·用东坡韵叙太白东坡事答赵昌父》

词人是有远大理想的血性男子，是有搏击长空之志的鸿鹄，现实生活的狭小背景，怎能表现词人纵横驰骋的浪漫主义激情？他在梦幻中登上高空，抚摸皓月，驾着鸾凤，与李白、苏轼相遇，在高寒的北斗，酌酒相饮。词人对腐朽黑暗现实的不满，对光明世界的热烈追求，一下都在梦幻的理想境界中倾泄出来了。我国古代的浪漫主义诗人，在他们的政治理想与黑暗的现实发生尖锐冲突时，往往到神仙世界寻找精神解脱，以幻想形式追求自己的理想。屈原的《离骚》，李白的《梦游天姥吟留别》等，无不是诗人以梦幻形式体现理想的杰作。辛弃疾发挥奇特丰富的想象，用浪漫主义诗人的这种传统手法，写了许多这样的词。如

一轮秋影转金波，飞镜又重磨。把酒问姮娥：被白发欺人奈何？　乘风好去，长空万里，直下看山河。斫去桂婆娑，人道是、清光更多。

——《太常引·建康中秋夜为吕叔潜赋》

面对一轮光洁的明月，词人展开他阔大宏丽的想象：由月亮的阴晴圆缺，联想到时光的流逝。与姮娥的对话，

不仅流露了年华易逝的感叹，且透露出壮志难酬的悲怆情绪。至下片，词人内心奔腾回荡的激情，顿时高扬。既然在黑暗的现实世界中无法得到满足，便想乘风归去。但“使世相忘却自难”（《鹧鸪天·戊午拜复职奉祠之命》）。词人翱翔于万里长空，还是不忘“直下看山河”，还憧憬着铲除现实生活中的黑暗，发扬人世间的光明这一理想的实现。词中的“桂婆娑”，“所指甚多，不止秦桧一人而已”⑧，它应是泛指在朝的投降派群小。

当词人与现实的冲突无法解决时，忧国的感情像烈火在胸中燃烧，政治理想不能实现的痛苦在折磨着他，他的思想便长上了想象的翅膀，像屈原那样，飞往天国去寻求理想的对象了。词人用异常夸张的语言，描绘自己漫步在天国的情景：

左手把青霓，右手挟明月。吾使丰隆前导，叫开阊阖。周游上下，径入寥天一。览玄圃，万斛泉，千丈石。　　钧天广乐，燕我瑶之席。帝饮予觞甚乐，赐汝苍壁。嶙峋突兀，正在一丘壑。余马怀，仆夫悲，下恍惚。

——《千年调·开山径得石壁，因名曰苍壁，事出望外，意天之所赐邪，喜而赋》

这是不同于现实的另一种世界。在这里，词人完全是另

一种处境——处在完全主动自由的地位。他可以一手把青霓，一手挟明月；可以令云师做前导，叫开天门；可以上下遨游，径入太虚之境；还可以接受天帝的宴乐……这一切，都与现实生活中的“却将万字平戎策，换得东家种树书”，英雄无用武之地的处境，形成鲜明的对照。以如此夸张的手法，写自己理想的天国，继承了屈原的优良传统。这首词几乎全是融化屈原《离骚》的诗句写成，可以看出，在思想与艺术方面，和《离骚》并无二致。

词人还用《天问》的方式，写自己的理想境界：

可怜今夕月，向何处、去悠悠？是别有人间，那边才见，光影东头？是天外，空汗漫，但长风浩浩送中秋？飞镜无根谁系？姮娥不嫁谁留？

谓经海底问无由，恍惚使人愁。怕万里长鲸，纵横触破，玉殿琼楼。虾蟆故堪浴水，问云何玉兔解沉浮？若道都齐无恙，云何渐渐如钩？

——《木兰花慢·用天问体》

词人在中秋之夜与友人共酌，面对一轮“去悠悠”的皓月，展开了一系列奇妙的想象，对于月亮的自然现象、神话传说，提出了一连串的问题。王国维说：“稼轩中秋饮酒达旦，用天问体作《木兰花慢》以送月。……词人想象，直悟月轮绕地之理，与科学家密合，可谓神

悟。"⑨尤其值得重视的是，他大胆提出是不是在月亮要去的那边“别有人间”，是不是天外另有天地。这一方面表现了词人朴素的唯物主义思想，另一方面，对“掩鼻人间臭腐场”（《鹧鸪天·寻菊花无有，戏作》）的丑恶现实，已经十分厌恶，幻想着另有一个清明的人间。这体现了词人对理想境界的热烈追求，抒发了词人的积极浪漫主义精神。词作无论在内容与风格上，和屈原《天问》以及柳宗元的《天对》都很相似。所不同的是，《天问》在内容上所提的问题要宽广得多，包括了自然现象、神话传说和古代史事，并不局限于月亮。

追求理想世界，是基于词人对丑恶现实的极度憎恨，他用浪漫主义手法表达了这种感情：

噫！子固非鱼，鱼之为计子焉知。河水深且广，风涛万顷堪依。有网罟如云，鹈鹕成阵，过而留泣计应非。其外海茫茫，下有龙伯，饥时一啖千里。更任公五十犗为饵，使海上人人厌腥味。似鹍鹏变化能几。东游入海此计，直以命为嬉。古来谬算狂图，五鼎烹死，指为平地。嗟鱼欲事远游时，请三思而行可矣。

——《哨遍·为赵成父题鱼计亭》

这是词人被迫闲退农村后的作品。他假托为鱼作计，实际是写自己在仕途上的种种黑暗险恶的生活遭遇。词中

的“网罟如云”、“鹈鹕成阵”、“龙伯一啖千里”、“任公五十辖为饵”，比喻现实生活中的黑暗势力犹如天罗地网，使人难以脱逃。他劝鱼慎勿“东游入海”，“以命为嬉”，“欲事远游时”，则“请三思而行”，实际是告诫自己在黑暗的现实中切莫再登仕途。作品极生动形象地表现了他对险恶的仕途生活的憎恶。

耐人寻味的艺术意境

前人论词常以意境的高下衡量作品的价值，最有代表性的是王国维。他说：“词以境界为最上，有境界则自成高格，自有名句。”⑩

所谓意境，就是作品描写某种事物达到的艺术境界。辛词的意境，具有情与景水乳交融、情理形神和谐统一的特点，富于强烈的感染力和启发力的艺术境界。“幼安之佳处，在有性情，有境界”⑪，正是这个意思。

情与景是构成艺术形象的辩证统一的两个重要方面。一味地主观抒情往往流于空洞浮泛，单纯地客观写景，常常使作品枯燥乏味。辛弃疾善于运用各种方式烘托和渲染环境气氛，把情和景糅合在一起，使其有机地统一起来，创造感人的艺术境界，从而收到了情景交融、意味无穷的效果。为人传诵不已的《菩萨蛮·书江西造口壁》几乎通篇全是写景：滚滚东流的江水，连绵不断的青山，“行不得也”的鹧鸪声——所有这些，都成了词人

塑造自我形象的艺术手段。这是写景，也是抒情，情景浑然一体。通过这些景物描写，一个感人至深、念念不忘收复失地的爱国志士的艺术形象就跃然纸上了。南渡不久，词人登上建康赏心亭写的《水龙吟》，在创造意境方面也是成功的一例："楚天千里清秋，水随天去秋无际。遥岑远目，献愁供恨，玉簪螺髻。落日楼头，断鸿声里，江南游子。把吴钩看了。栏杆拍遍，无人会，登临意。"词人本是意气风发的青年抗金英雄，南渡后却一直没有受到朝廷的重用，"英雄无用武之地"的严酷现实一直在令他苦恼。所以，当他登上赏心亭的时候，眼前的一切都勾起他的心事，远山近水好像都在向他"献愁供恨"，使他油然产生为国立功的雄心壮志与无法施展的苦痛，和盘托出了一个跃跃欲试、杀敌报国的英雄形象。这样的作品，人们很难分清哪是写景，哪是抒情，完全达到了情景交融的艺术境界，使人读之如见其人，如历其境。再看环境气氛渲染极其出色的另一首作品：

绕床饥鼠，蝙蝠翻灯舞。屋上松风吹急雨，破纸窗间自语。　　平生塞北江南，归来华发苍颜。布被秋宵梦觉，眼前万里江山。

——《清平乐·独宿博山王氏庵》

这首词写词人独宿博山王氏庵的典型感受。上片着力渲染庵里的寂寞荒凉环境和气氛；下片集中抒发白发苍颜、

壮志难酬的感慨。但上片的饥鼠、蝙蝠、松风、急雨等景物，都十分有力地突出和烘托了词人的这种感慨，构成了一个完美的艺术境界，为创造虽壮志难酬、但对匡复事业充满信心的老英雄的形象，起了很好的作用，使作品具有感人肺腑的艺术力量。

他还有些作品，虽以古代史事为题材，用铺叙排比手法而写成，但仍能语语有境界，意境高超。如：

绿树听鹈鴂。更那堪、鹧鸪声住，杜鹃声切。啼到春归无寻处，苦恨芳菲都歇。算未抵人间离别。马上琵琶关塞黑，更长门翠辇辞金阙。看燕燕，送归妾。　将军百战身名裂，向河梁回头万里，故人长绝。易水萧萧西风冷，满座衣冠似雪。正壮士悲歌未彻。啼鸟还知如许恨，料不啼清泪长啼血。谁共我，醉明月？

——《贺新郎·别茂嘉十二弟》

词人的许多送行词，都很慷慨激昂，总是鼓舞亲友去“杀敌”、“平戎”。可是这首词却不同凡响，通篇写的是“别恨”，通过恨事来批判南宋的妥协投降集团。开首三句着意渲染这次与茂嘉十二弟分别时的气氛。词人以残春的啼鸟（鹈鴂、鹧鸪、杜鹃）作衬托，生动地描绘了人间生离死别的景况，三种鸟一个啼了，一个又叫，那凄惨的鸣声似乎要一直啼到春天归去，百草香花全都枯萋，它们真有无穷的伤心恨事，这实际是词人心境的写照。下片用“算未抵人间离别”一句带出了“别恨”二字。自然界的景物纵使凄惨，也比不上这样的恨事。接着词人用铺叙排比的手法，列举了四件生离死别的恨事。前两件说的都是离别故国之恨，王昭君远嫁匈奴，显然是汉元帝屈服于匈奴，搞妥协投降的结果；戴妫被遣回娘家，是由于卫国发生政变，无可奈何被迫走的。后阕的两个典故，讲的是李陵和荆轲的悲剧。用苏武与李陵的分别，暗喻南宋投降主义集团造成了生离死别的悲恨；用荆轲使秦造成的悲恨，发泄自己和志同道合的亲友分别的痛恨。结束四句与开头相呼应，把啼鸟人格化，说这么多人间离别的恨事，啼鸟如果还懂得的话，一定会哭，而且哭出来的一定不是清泪而永远是血。这就强化了人间离别的恨事，加强了别恨的感情色彩。“谁共我，醉明月?”一个问句，余味无穷，启发人们联想，扩大了词的境界，提高了词的思想。王国维评这首词说它“章法绝妙，且语语有境界”⑫，可说抓住了它的特点。

辛词的意境还具有气势雄壮奇险、场面阔大的特点。如：他写瓢泉：“飞流万壑，共千岩争秀。”（《洞仙歌·访泉于期思，得周氏泉》）写三峡山势险峻：“似三峡风涛，嵯峨剑戟。”（《瑞鹤仙·南剑双溪楼》）写战斗场景：“汉家组练十万，列舰耸层楼。”（《水调歌头·舟次扬州》，“红旗清夜，千骑月临关。”（《水调歌头·三山用赵

丞相韵》）写听到外面的棋声，则如突破重围：“小窗人静，棋声似解重围。”（《新荷叶·再和前韵》）描绘一朵朵的牡丹花，如吴宫训练女兵：“对花何似，似吴宫初教，翠围红阵。”（《念奴娇·赋白牡丹，和范廓之韵》）描写潮水汹涌澎湃、排山倒海的气势，如激烈的战斗：“截江组练驱山去，鏖战未收貔虎。”（《摸鱼儿·观潮上叶丞相》）这样生动突兀、气势飞动的意境，为辛弃疾以前所罕见。实与他的战斗经历及政治理想有关。

出神入化的典型化手法

辛词中那许多鲜明生动的艺术形象，清楚地表明，词人是一个创造艺术形象的能手。他善于在自己丰富的生活积累的基础上，对复杂的生活现象进行深入细致的分析，从中选取那些富有特征意义的事物，通过自己丰富的想象，加以典型化。他所运用的典型化手法，是多种多样的。

想象，在文学创作中是不可缺少的。马克思曾高度评价“想象”在文学创作中的重要作用。他说：“想象力，这个十分强烈地促进人类发展的伟大天赋，这时候（指人类发展的初级阶段——引者注）已经创造出了还不是用文字来记载的神话、传奇和传说的文学，并且给予了人类以强大的影响。”⑬诗词的创作更是离不开想象。毛泽东同志说：“诗要用形象思维。”⑭而艺术想象正是形

象的思维活动的一种重要方式。诗的想象应该豪放。恩格斯曾十分赞赏“拜伦的豪放的想象”⑮，辛弃疾善于展开浪漫主义想象的翅膀，进行艺术的创造，表现出令人叹服的想象力。

运用新颖、瑰丽而又富有创造性的比喻写人状物，收到出奇制胜的艺术效果，使辛词闪耀着夺目的光彩。他描绘自己气吞胡虏的英雄气概，以刘裕自比，以虎自喻：“想当年，金戈铁马，气吞万里如虎。”（《永遇乐·京口北固亭怀古》）他把自己在战场上杀敌时弓弦的响声比作霹雳：“马作的卢飞快，弓如霹雳弦惊。”（《破阵子·为陈同甫赋壮词以寄之》）他把月亮比作新磨过的铜镜：“今夕且欢笑，明月镜新磨。”（《水调歌头·即席和金华杜仲高韵》）“叹十常八九，欲磨还缺。”（《满江红·中秋寄远》）“飞镜无根谁系，姮娥不嫁谁留？”（《木兰花慢·用天问体赋》）他比喻山势险峻：“木末翠楼出，诗眼巧安排。天公一夜削出，四面玉崔嵬。”（《水调歌头·题张晋英提举玉峰楼》）“笑拍洪崖，问千丈翠岩谁削？”（《满江红·游南岩，和范先之韵》）“谁信天峰飞堕地，傍湖千丈开青壁。是当年、玉斧削方壶，无人识。”（《满江红·冷泉亭》）“一柱中擎远碧，两峰旁耸高寒。横陈削就短长山，莫把一分增减。”（《西江月·悠然阁》）“千丈悬崖削翠，一川落日熔金。”（《西江月·江行采石岸，戏作渔父词》）

他描绘山的静态，则出人不意，用谢家子弟的衣冠，司马相如的车骑，太史公的文章等作比："争先见面重重，看爽气朝来三数峰。似谢家子弟，衣冠磊落；相如庭户，车骑雍容。我觉其间，雄深雅健，如对文章太史公。新堤路，问偃湖何日，烟水濛濛?"（《沁园春·灵山齐庵赋》）这些生动形象的比喻，一般都具有夸张性的特点，显示出词人丰富的想象力和卓越的艺术创造才能。

辛词中拟人化手法的大量运用，从另一侧面表现了词人异常奇特丰富的浪漫主义想象。他往往把自己喜爱的东西赋予人的生命，把自己喜爱的动物赋予人的思想性格，来表达自己的理想，抒发自己的感情。词人在政治上不甘寂寞，是有志于成就一番大事业的人物。在黑暗势力的统治下，他就必然要从友人、同好那里寻找安慰与支持；甚至无生命的东西或者无感情的动物，在词人心目中，也会成为自己的"知音"，也会成为可以得到安慰与支持的"友人"，他写松树：

> 昨夜松边醉倒，问松："我醉何如?"只疑松动要来扶，以手推松曰："去!"
>
> ——《西江月·遣兴》

词人把松树人格化，具体生动地写自己的醉态。词人在与松树的对话中，疑心松树好像活动起来，要来扶他。虽然醉倒，还是拒绝了松树的"关心"，表现了醉中仍然

倔强不屈的性格。

他写与酒杯的对话：

> 杯，汝来前。老子今朝，点检形骸。甚长年抱渴，咽如焦釜；于今喜睡，气似奔雷。汝说："刘伶，古今达者，醉后何妨死便埋。"浑如许，叹汝于知己，真少恩哉！　　更凭歌舞为媒。算合作人间鸩毒猜。况怨无小大，生于所爱；物无美恶，过则为灾。与汝成言："勿留亟退，吾力犹能肆汝杯。"杯再拜，道："麾之既去，招则须来。"
>
> ——《沁园春·将止酒，戒酒杯使勿近》

词人以极奇特的浪漫主义想象，把酒杯人格化了。词从"杯，汝来前"一声招呼开始，显得十分新颖奇突。接着便开始了与酒杯的对话。他在历数酒的"少恩"之后，便与酒杯进行了一场有趣的"谈判"。这样的作品，人们读之不禁哑然失笑。这是词人故作惊人之笔吗？是词人刻意猎奇吗？都不是。词人在与当时社会现实的激烈冲突中，屡遭打击，屡次落职，政治理想无法实现，这给他造成了极大的思想苦闷。他不得不借酒消愁，以醉酒排遣自己的苦闷。全词通过与酒杯对话，写自己决心戒酒，而又怕戒不了的矛盾心理。这种矛盾心理深刻反映了词人政治上失意的愤懑。以这种幽默、诙谐的笔调表

现这样严肃的政治内容，表现了词人非凡的浪漫主义想象力。

他写与山石对话：

> 问何年、此山来此？西风落日无语。看君似是羲皇上，直作太初名汝。溪上路。算只有、红尘不到今犹古。一杯谁举？笑我醉呼君，崔嵬未起，山鸟覆杯去。　须记取，昨夜龙湫风雨。门前石浪掀舞。四更山鬼吹灯啸，惊倒世间儿女。依约处。还问我：清游杖屦公良苦。神交心许，待万里携君，鞭笞鸾凤，诵我《远游赋》。
>
> ——《摸鱼儿·山鬼谣》

他不仅把怪石人格化，相互问答对话，并且也赋予西风、落日、山鸟、石浪、山鬼以生命和力量。通过这些奇特的艺术形象的描绘，创造了一个引人入胜的艺术境界，表现了词人非凡的精神与性格，充满了浪漫主义色彩。题记中说“取《离骚》、《九歌》，名曰山鬼。”屈原为了追求自己的理想王国，寻求精神上的慰藉与解脱，曾经发挥自己的惊人想象力，描绘过充满浪漫色彩的山鬼。与屈原的处境、精神相类似的辛弃疾，也采取了与屈原类似的抒情言志的方法，这显示了辛词的浪漫主义与《楚辞》的继承关系。

另外，他写与鸥鹭结盟：“凡我同盟鸥鹭，今日既盟

之后，来往莫相猜。”（《水调歌头·盟鸥》）“却怪白鸥，觑着人欲下未下。旧盟都在，新来莫是，别有说话？”（《丑奴儿近·博山道中效李易安体》）他写青山迎人：“青山意气峥嵘，似为我归来妩媚生。”（《沁园春·再到期思卜筑》）写青山与人相见钟情：“我见青山多妩媚，料青山见我应如是，情与貌，略相似。”（《贺新郎·邑中园亭，仆皆为赋此词》）都以拟人化的手法，表现了词人当时的典型的感受，含有对那个污浊社会抗议的成分。

由于词人在现实生活中与妥协投降集团存在着激烈的矛盾冲突，便使他产生了一种异乎寻常的激情和超乎常人的浪漫主义想象力。他经常用极其夸张的笔墨来渲染自己与现实的尖锐对立，发泄内心的苦闷：“闲愁作弄天来大，白发栽埋日许多。”（《鹧鸪天·三山道中》）“近来愁似天来大，谁解相怜？谁解相怜，又把愁来做个天。”（《丑奴儿》）“人言头上发，总向愁中白。拍手笑沙鸥，一身都是愁。”（《菩萨蛮·金陵赏心亭为叶丞相赋》）“笑富贵千钧如发，硬语盘空谁来听？”（《贺新郎·同父见和，再用韵答之》）在词人的大胆夸张中，总是把夸张的对象跟事物结合起来，形成夸张性的比喻，使人产生诗意的联想，而不感到有任何夸张的痕迹。在世间的一切事物中，还有什么比天更大的呢？词人把自己的“愁”比作大如天，显然是经过夸张的。这不仅突出、强调了词人的愁是多么深，多么重，而且使他的深重的忧愁从

抽象的感情，变成具体可感的东西了，这与李白的“白发三千丈，缘愁似个长”可说是异曲同工。另外，词人在夸张他与周围环境的尖锐对立时，善于把两种在性质和数量上根本不能比拟的东西对举起来，而用看来是轻的小的压倒重的大的东西，以突出他所表达的内容。“富贵”就性质来说是抽象的，没有数量上的差别，只是人们对它的重视程度不同罢了。“头发”是具体的，而且有数量上的差别，一般人视“富贵”如千钧重物，而词人却视如毛发般轻小。词人在作品中反复表示：“富贵非吾愿”（《哨遍·用前韵》），“富贵非吾事”（《水调歌头·壬子三山被召，陈端仁给事饮饯席上作》）。因此，一个夸张性的比喻，就把词人在污浊的现实中蔑视权贵的思想突出反映出来了。

夸张必须以生活的真实作为基础。辛词中的夸张，从来也没有脱离生活的真实。鲁迅先生曾说：“‘燕山雪花大如席’，是夸张，但燕山究竟有雪花，就含着一点诚实在里面，使我们立刻知道燕山原来有这么冷。如果说‘广州雪花大如席’，那可就变成笑话了。”⑯“近来愁似天来大”，“又把愁来做个天”，在形式上与“燕山雪花大如席”相似。至于“白发空垂三千丈”（《贺新郎·邑中园亭，仆皆为赋此词》）、“九万里风斯在下，翻覆云头雨脚。快直上昆仑濯发”（《贺新郎·题赵晋臣敷文积翠岩》）、“诗坛千丈崔嵬，更有笔如山墨作溪”（《沁园春·

答杨世长》)、“向晴波忽见，千丈虹霓”(《沁园春·期思旧呼奇狮》)，都是既从生活真实出发，而又想象神奇的夸张语言。

词人继承并发展了《诗经》、《楚辞》以来的优良传统，利用香草美人来抒情言志，创造形象，成功地运用了比兴寄托的手法。如：

更能消几番风雨，匆匆春又归去。惜春长怕花开早，何况落红无数。春且住，见说道、天涯芳草无归路。怨春不语，算只有殷勤，画檐蛛网，尽日惹飞絮。　长门事，准拟佳期又误。蛾眉曾有人妒。千金纵买相如赋，脉脉此情谁诉？君莫舞，君不见、玉环飞燕皆尘土。闲愁最苦。休去倚危栏，斜阳正在，烟柳断肠处。

——《摸鱼儿·淳熙己亥，自湖北漕移湖南》

这是词人由湖北漕移湖南，同僚为他饯别时所作。名曰别词，却无离别的内容。词人南渡十七年，迄未得到施展自己才能的机会，而且不能久任其职。对此他已经很不满意了：“聚散匆匆不偶然，二年历遍楚山川。”(《鹧鸪天·离豫章，别司马汉章大监》)当时，国势危殆，使他担忧；有志之士不能进用，使他愤慨。但是，他作为从北方来的“归正人”，在许多情况下，又不能直言，使他不得不用比兴的手法，以迂回曲折的方式，含蓄地发

出自己的不平之鸣。词的上片抒惜春之情，下片写宫女失宠幽怨。在宫怨的后面，透露出词人愤世忧国之感。词中对春意阑珊的惋惜，也就是对国势衰微的惋惜；对陈皇后失宠的慨叹，也就是对英雄弃置不用的感慨。据记载，宋孝宗看了这首词后，很不高兴⑰。可见作品的含义远不止宫怨。

《摸鱼儿》是辛词中运用比兴寄托手法的代表作品。此外，还有一些篇章属于同一类型。如：

春已归来，看美人头上，袅袅春幡。无端风雨，未肯收尽余寒。年时燕子，料今宵梦到西园。浑未辨、黄柑荐酒，更传青韭堆盘。　却笑东风，从此便薰梅染柳，更没些闲。闲时又来镜里，转变朱颜。清愁不断，问何人会解连环。生怕见花开花落，朝来塞雁先还。

——《汉宫春·立春日》

表面看来，词中抒发的是对春光易逝、良辰不再的感伤情调，其实呢，则是另有寄托。周济说："'春幡'九字，情景已极不堪。燕字犹记年时好梦。'黄柑'、'青韭'，极写宴安鸩毒。换头又提动党祸。结用'雁'与'燕'激射，却捎带五国城旧恨。辛词之怨，未有甚于此者。"⑱五国城旧恨，指杀君之恨。五国城，在今吉林省依兰县附近，宋徽宗被掳后死于此地。这种解释虽未免

失之穿凿，但是，它却暗示了作品深长的言外之意。

词人运用比兴手法，柔婉的情调，含蓄地表现了自己的爱国感情、政治理想与丑恶现实的尖锐矛盾。“千古离骚文字，芳至今犹未歇”（《喜迁莺·谢赵晋臣敷文赋芙蓉词见寿，用韵为谢》），可以看出，这类作品在手法和精神上与《离骚》的相通之处。

广泛运用历史题材，从历史人物身上撷取和自己的思想感情相通、处境情况相似的部分，来补充词人的自我形象，是辛弃疾创造艺术形象的又一重要典型化手法。在辛词中，这样的例子可以说俯拾即是。对于辛弃疾大量用典，前人有的认为他“掉书袋”；实际上，他的用典大都为抒情言志起了很好的作用。他颂扬刘裕统率北伐大军，驰骋于中原万里之地，灭掉南燕和后秦，光复洛阳、长安的功业，实际是词人早年统率抗金义军，气吞胡虏的英雄气概的再现。他用廉颇虽老，但雄心尚在的历史故事，是为了刻画老当益壮、欲为国建立功业的抗金老将的形象。他把孙仲谋作为杰出英雄来歌颂，是要以他为榜样，坚决抵抗掠夺者。他用贾谊不甘寂寞、伤时而哭（《满江红》：“甚当年，寂寞贾长沙，伤时哭”）的历史故事，是为了表现词人壮志不酬的愤慨。试读他吟咏李广的作品：

故将军饮罢夜归来，长亭解雕鞍。恨灞陵醉

尉，匆匆未识，桃李无言。射虎山横一骑，裂石响惊弦。落魄封侯事，岁晚田园。　谁向桑麻杜曲？要短衣匹马，移住南山。看风流慷慨，谈笑过残年。汉开边，功名万里，甚当时健者也曾闲？纱窗外、斜风细雨，一阵轻寒。

——《八声甘州·夜读李广传》

这首词作于词人被劾落职，闲居带湖之滨时。词人是抗金的壮士，南渡后，为了实现驱逐金人、匡复失地的崇高理想，进行了不屈不挠的斗争 。但在南宋的妥协投降集团统治下，却屡遭打击陷害，赋闲家居。辛弃疾在词中，专门撷取了李广闲居南山一事来写，正是借古喻今，以李广比自己，倾诉对南宋朝廷的不满。记得有个 18 世纪的德国美学家曾说过这样一句话：“那些处境和我们最相近的人的不幸，必然能最深刻地打入我们的灵魂深处。”⑲李广是汉朝的名将，在抗击匈奴袭扰的斗争中，立下了卓越的战功，但他不仅没有被封侯，反而被免职，最后被迫自杀。辛弃疾的遭际与李广是何其相似！所以当他夜读《李广传》的时候，感情产生了强烈的共鸣，写下了这首咏史的词，抒发了共同的感慨，塑造了一个被闲置的抗金英雄的形象。“醉翁之意不在酒”，词人写历史题材、历史人物，总是从现实出发，加以创造。他并不是在单纯地写李广，为李广的不幸遭遇鸣不平，更

重要的是，在写词人自己，在借他人之酒杯浇自己胸中之块垒，写自己的壮志难伸的悲愤，对南宋的投降主义集团发出控诉。

词人以历史人物自比，表达自己的政治抱负，见于他作品里的很多。他被劾落职，常以陶潜自比，出仕则以诸葛亮、谢安自任。他隐居带湖、瓢泉时，特别推崇陶渊明和当时的没落王朝不合作的孤傲倔强的性格："今日复何日，黄菊为谁开？渊明漫爱重九，胸次正崔巍。"（《水调歌头·九日游云洞》）"晚岁凄其无诸葛，唯有黄花入手，更风雨东篱依旧。陡顿南山高如许，是先生拄杖归来后。"（《贺新郎·题付岩叟悠然阁》）这不仅是写陶渊明，恰恰也揭示了词人的精神世界。更有代表性的当属他那首怀念陶渊明的作品：

老来曾识渊明，梦中一见参差是。觉来幽恨，停觞不御，欲歌还止。白发西风，折腰五斗，不应堪此。问北窗高卧，东篱自醉，应别有归来意。

须信此翁未死，到如今凛然生气。吾侪心事，古今长在，高山流水。富贵他年，直饶未免，也应无味。甚东山何事，当时也道，为苍生起。

——《水龙吟》

这是他对陶渊明表示仰慕的作品之一。词的开首即说梦中曾见到陶渊明，梦中相见，已经说明怀念至深。但接

着又说自己醒来后心情怏怏，酒不愿饮，歌懒得唱，这使怀念之情大大加深了。怀念他什么呢？他不习惯于官场生活，不为五斗米折腰，弃官归来，在农村过着自饮自醉的生活，陶渊明这样做，还另有用意。下片词人说陶渊明并没有死，而且还凛然有生气，我是他的知己，所以很了解他。谢安和陶渊明不同，他后来做了大官，富贵了，可那又有什么味道呢？为什么有人说谢安出来做官是为了老百姓呢？词人盛赞陶渊明不与统治阶级同流合污，退隐田里，实际上是抒发他落职家居的愤慨。“应别有归来意”，是指陶渊明对当时的政治不满，也是表达词人对南宋黑暗政治的不满。所有这些，都从不同的方面，表现了词人的思想感情和精神面貌，补充了词人的自我形象。

以豪放为主的多样化风格

辛弃疾的词，以豪放著称于世。昔人论词分婉约、豪放二派，而辛弃疾一般都归于豪放一派。所谓“婉约以易安为宗，豪放唯幼安称首”⑳，正代表了过去一般人的看法。

以“豪放”一词来论辛词，是指那些奔放驰骤、激昂跌宕的作品。这是辛弃疾独特的艺术风格，也是他的艺术风格的基调。但是，艺术风格的独特性并不意味着艺术风格的单一性。任何一个杰出的作家、诗人，除有

自己独特的风格之外，他的风格又总是呈现着多样化的特色。这在辛弃疾来说，表现尤为突出。在“慷慨纵横”之外，辛词中还有些写得“情致缠绵，词意婉约”的作品，“其间固有清而丽、婉而妩媚，此又坡词之所无，而公词之所独也”㉑；甚至还有些突破婉约、豪放两格的窠臼，而吸收其他文学的传统形式，另创新格的。就这些作品本身来说，有很多是属于婉约风格或其他风格的。

在辛词中，有许多是自己注明学习其他风格的作品。其中有“效花间体”的《唐河传》，有“效白乐天体”的《玉楼春》，有“效李易安体”的《丑奴儿近》，有“效朱希真体”的《念奴娇》，还有自注“用天问体”的《木兰花慢》。

除自注不同风格的作品外，还有些未注但很像其他风格的作品。历来谈及这个问题，人们多举他的《祝英台近·晚春》：“宝钗分，桃叶渡”一阕，以为“稼轩词以激扬奋厉为工，至‘宝钗分，桃叶渡’一曲，昵狎温柔，魂消意尽，人才伎俩，真不可测。”㉒实际上，属于这类作品的还有许多。比如：

东风夜放花千树，更吹落、星如雨。宝马雕车香满路。凤箫声动，玉壶光转，一夜鱼龙舞。

蛾儿雪柳黄金缕，笑语盈盈暗香去。众里寻他千百度，蓦然回首，那人却在，灯火阑珊处。

——《青玉案·元夕》

此词题为“元夕”，从其元宵灯节盛况的描绘来看，的确同其他慷慨悲歌的抗战内容的辞章不同，但其实词人的追求，并无两样。上片着力描绘元宵灯节热闹非凡的盛况，下片则描写了看灯的人。词人描绘坐着“宝马雕车”的贵族妇女和头戴玉梅、雪柳、闹蛾儿的平民女子两种看灯的妇女，说明他来观灯火，是别有所求的。最后，词人明确告诉人们：他确实在寻求一个意中人。“众里寻他千百度”，是说到处寻她怎么也寻不到，但忽然一回头，却看见他所追求的人在灯火较少的地方。这首被称为“自怜幽独，伤心人别有怀抱”㉓的词，用细腻的笔法，婉转的情调，描绘了一个不肯趋炎附势、随波逐流，不随便赶热闹，甘愿寂寞处之的美人的形象。这正是词人被劾落职后，宁愿闲居，不肯同流合污的高尚品质的寄托，可以说，词中的“那人”，正是词人自己的化身。作品无论是手法、神情，还是词风，都不在其他婉约词之下。至于他那首脍炙人口的《摸鱼儿·淳熙己亥，自湖北漕移湖南》竟是一首婉约的宫怨词。

其实，在其他风格的作品中，不仅有婉约词，还有用招魂体的：

听兮清佩琼瑶些。明兮镜秋毫丝。君无去此，流昏涨腻，生蓬蒿些。虎豹甘人，渴而饮汝，宁猿猱些。大而流江海，覆舟如芥，君无助，狂涛

些。　路险兮山高些。愧余独处无聊些。冬槽春盎，归来为我，制松醪些。其外芬芳，团龙片凤，煮雪膏些。古人兮既往，嗟余之乐，乐箪瓢些。

——《水龙吟·用些语再题瓢泉》

词人假设为泉择地，用《楚辞·招魂》的体裁，写出对于自己所经历的黑暗险恶仕途生活的憎恶。在“路险山高”的险恶环境中，词人又有愧于闲居独处，无奈他只能用饮酒品茶来消磨岁月。词末表示自己安于这种农村贫俭生活，表现出一种激越愤慨的情绪。

有的用铺张排比的赋体，如《贺新郎·别茂嘉十二弟》，全词的风格极似江淹的《恨赋》、《别赋》和李白的《拟恨赋》，为前此所未有，所以有的词评家指责它“非词家本色”。㉔

辛词又兼有诙谐幽默的风格。《沁园春·将止酒，戒酒杯使勿近》写与酒杯谈话，《西江月·遣兴》写与松树谈话，饶有风趣，为人所熟知。另外，还有许多类似的作品。

他写与鸬鹚说话：“溪边白鹭，来吾告汝：‘溪里鱼儿堪数。’主人怜汝汝怜鱼，要物我、欣然一处。　白沙远浦，青泥别渚，剩有虾跳鳅舞。听君飞去饱时来，看头上、风吹一缕。”（《鹊桥仙·赠鸬鹚》）他写雁嘲笑

陈莘叟怀念妻子："有得许多泪，更闲却许多鸳被。枕头儿放处都不是，归家时，怎生睡？　更也没书来，那堪被雁儿调戏。道无书，却有书中意，排几个，人人字。"（《寻芳草·调陈莘叟忆内》）这与他那些"慷慨纵横"和"情致缠绵"的作品相比，风格自是迥然不同。

词人绝大部分抗战主题的辞章都是强烈激动，慷慨陈词。但也有的作品并不如此，而是寓沉郁悲壮的感情于字里行间，属于另外一种风格。如：

少年不识愁滋味，爱上层楼；爱上层楼，为赋新词强说愁。　而今识尽愁滋味，欲说还休；欲说还休，却道天凉好个秋。

——《丑奴儿·书博山道中壁》

枕簟溪堂冷欲秋，断云依水晚来收。红莲相倚浑如醉，白鸟无言定自愁。　书咄咄，且休休，一丘一壑也风流。不知筋力衰多少，但觉新来懒上楼。

——《鹧鸪天·鹅湖归，病起作》

《丑奴儿》前后的愁有所不同。上片是闲愁，下片则是忧心国事、怀才不遇的哀愁。《鹧鸪天》的上片系景语。下片先用殷浩、顾长康的故事，表达自己出仕与隐居的矛盾心理；接着又自叹老病，抒发了英雄报国无路的愤慨。从语言上说并无激昂慷慨之处，其不能尽力国事的痛苦

心情，以舒缓的笔调出之。

马克思指出：“风格就是人。”㉔鲁迅先生也说过：“美术家固然须有精熟的技工，但尤须有进步的思想与高尚的人格。”㉕辛弃疾多姿多彩的艺术风格的形成，有着深厚的社会基础和思想基础。词人生活的南宋时代，是民族斗争、阶级斗争及统治阶级内部抗战派与投降派斗争十分激烈的时代。这些错综复杂的社会矛盾，壮阔丰富的斗争生活，造就了千千万万包括辛弃疾在内的抗战志士。词人出生在民族斗争最激烈的北方沦陷区，早就经历了叱咤风云的战斗生活，南渡后，与妥协投降集团进行了不懈的斗争。斗争锤炼了他的民族意识，陶冶了他的豪迈性情。在斗争中，他刚正不阿，为人不拘绳墨，豪放不羁。他为了抗战统一国家，“持论劲直，不为迎合”㉖，被南宋最高统治集团称为“不易驾驭的人”。正是由于他广博的生活经历、复杂的思想感情和豪迈的性格特征，才铸成了他多姿多彩的艺术风格。

辛词不凡的艺术成就，不仅来源于词人不凡的生活经历，进步的政治理想，豪迈的精神气质，高尚的风节品操，也来源于词人辛勤的劳动，严肃的创作态度。岳珂（岳飞之孙）的《桯史》中有《稼轩论词》一条，记其创作的一丝不苟，令人叹服。

稼轩以词名。每燕，必命侍妓歌其所作。特

好歌《贺新郎》一词。自诵其警句曰：“我见青山多妩媚，料青山见我应如是。”又曰：“不恨古人吾不见，恨古人不见吾狂耳。”每至此，辄拊髀自笑，顾问座客何如，皆叹誉如出一口。既而又作一《永遇乐》，序此府事。首章曰：“千古江山，英雄无觅孙仲谋处。”又曰：“寻常巷陌，人道寄奴曾住。”其寓感慨者则曰：“不堪回首，佛狸祠下，一片神鸦社鼓。凭谁问：廉颇老矣，尚能饭否?”时置酒召数客，使妓迭歌，益自击节，遍问客，必使摘其疵，逊谢不可。客或措一二辞，不契其意，又弗答，然挥羽四视不止。余时年少，勇于言。偶坐于席侧，稼轩因顾问再四，余率然对曰：“待制（稼轩）词句，脱去今古轸辙，……童子何知而敢有议？然必欲如范文正以千金求《严陵祠记》一字之易，则晚进尚窃有疑也。”稼轩喜，促膝亟使毕其说。余曰：“前篇豪视一世，独首尾二腔警语差相似。新作微觉用事多耳。”于是大喜，酌酒而谓座中曰：“夫君实中予痼。”乃味改其语，日数十易，累月犹未竟。其刻意如此。

① 周济《四家词选绪论》云：“清真，集大成者也。”

② 王国维《人间词话》卷上。

③ 陈廷焯《白雨斋词话》。

④ 刘克庄《后村诗话》。

⑤ 邹祗谟《远志斋词衷》。

⑥《陈亮集·辛稼轩画像赞》。

⑦《我怎样学习写作》。

⑧ 周济《宋四家词选》。

⑨《人间词话》。

⑩《人间词话》。

⑪《人间词话》。

⑫《人间词话》。

⑬《马克思恩格斯论艺术》第二卷。

⑭《给陈毅同志谈诗的一封信》。

⑮《马克思恩格斯论艺术》第四卷。

⑯《鲁迅全集》第六卷。

⑰ 罗大经《鹤林玉露》。

⑱《宋四家词选》。

⑲ 莱辛《汉堡剧评》，见《世界文学》1961 年第 10 期。

⑳ 王士禛《花草蒙拾》。

㉑ 范开《稼轩词》序。

㉒ 沈谦《填词杂说》。

㉓ 梁令娴《艺蘅馆词选》引梁启超语。

㉔ 刘体仁《七颂堂词绎》。

㉕《关于普鲁士最新审查条例的备忘录》，见《马克思恩格斯两卷集》。

㉖《热风·随感录四十三》，《鲁迅全集》第一卷。

㉗《宋史·辛弃疾传》。

十六、忧愤而殁

开禧二年（1206），南宋政府又下诏任命辛弃疾为绍兴知府和两浙东路安抚使。当时，镇江罢职的打击伤痕犹在，他无意出山，便上疏辞掉了。

此后，南宋朝廷又曾命他知江陵府，并在就任前召赴临安奏事。奏事之后，又有试兵部侍郎的诏命。兵部侍郎之职执掌一定的兵权，这对辛弃疾实现北伐、统一祖国的理想原是有利的。如在此之前，一定是他乐于承担，乐于接受的。但如今已是开禧三年他逝世前不久，身体已愈来愈不济了。更重要的是，由于政见的不合，韩侂胄在战前未接受辛弃疾等主战派人士的警告，他自然感到无法合作下去。何况韩侂胄一意孤行发动的“儿戏”战争，这时已不可收拾，朝廷内对他

的压力正不断增加，一场政治危机正在酝酿中。显然，在这种情况下，把辛弃疾抬到兵部侍郎的职位上来，就是有意让他来收拾残局，分担韩侂胄北伐失败的罪尤。既然如此，一再上章，坚决力辞，就是他必然采取的行动了。

于是，辛弃疾便从临安回到铅山。八月，他就一病不起。

这时，战场上的情况是南宋的彻底失败已成定局。为了继续维持苟安局面，南宋政府向金政权提出议和的要求。金政府当即提出要以韩侂胄的头作为议和条件，这就激怒了韩侂胄。所以“侂胄复有用兵意”①，又想起用辛弃疾来为他收拾残局，下达了任他为枢密都承旨的诏命，并命令他疾速赴临安奏事。可是，诏命到达铅山时，辛弃疾已经在“大呼杀贼数声”②之后，于开禧三年九月十日悲愤地离开了人间。

辛弃疾逝世后，葬于铅山县南十五里的阳原山中。

辛弃疾一生致力于国家的统一、失地的恢复，投降派、贪官污吏们弹劾他的“聚敛民财”，完全是“莫须有”的。据记载，他逝世后，“家无余财，仅遗诗词、奏议、杂著书集”③，说明上述弹劾完全是诬陷。

辛弃疾逝世后，其友人所作哀诗祭文，现仅存陆游和项平甫之作。陆游对“气如虎”的辛弃疾病逝，深为悼惜：“君看幼安气如虎，一病遽已归荒墟。”④项平甫在

哀诗中，高度评价他的政绩和文学成就：“待制（辛弃疾）功名千古杰，贤良文字万夫豪。”⑤谢枋得称颂他“有英雄之才，忠义之心，刚大之气”⑥。以辛弃疾的英雄气概和在文学史上的崇高地位而言，这样的评价并不算过誉。

①《两朝纲目备要》卷十。

②《康熙济南府志·稼轩小传》。

③《乾隆铅山县志·稼轩小传》。

④《剑南诗稿·寄赵昌甫诗》。

⑤《平安悔稿·答杜仲高来书哭兄伯高及辛待制》。

⑥《祭辛稼轩先生墓记》。